L'Enfant

T³¹c
L80

LIBRAIRIE DE PARIS
56, RUE JACOB, PARIS

60ᶜᵐᵉ

L'Enfant

BIBLIOTHÈQUE

DE

RENSEIGNEMENTS ET CONSEILS PRATIQUES

SOUS LA DIRECTION DE

M. CH. FLEURIGAND

VOLUMES PARUS :

LE CYCLISME. — La machine et ses divers éléments, démontage et remontage, les réparations, la route, la taxe, le costume, l'hygiène, la jurisprudence. . . . . . 0 fr. 60

LE CHIEN. — Les races de chiens, l'élevage, le logement, l'alimentation, la taxe, l'hygiène et les maladies, la jurisprudence, le chien en voyage. . . . . 0 fr. 60

LA CHASSE. — Le fusil et les munitions, le tir, le gibier, les auxiliaires, le garde, les pièges, le vêtement, la jurisprudence. . . . . 0 fr. 60

FRANCO : France et Union Postale, 0 fr. 75

Sous presse :

RECETTES MÉNAGÈRES.
LE CHEVAL.

BIBLIOTHÈQUE

DE

RENSEIGNEMENTS ET CONSEILS

PRATIQUES

L'Enfant

PAR

GASTON CERFBERR

LIBRAIRIE DE PARIS

56, rue Jacob

PARIS

L'enfant

L'ignorance des mères et des nourrices est en France une cause majeure de dépopulation par la mortalité énorme qu'elle cause chez les nouveau-nés. (Dr BROCHARD.)

La mère doit garder la direction de son enfant jusque vers six ans. A partir de sept ans au plus tard, s'il s'agit d'un garçon, elle doit abdiquer la direction et ne s'occuper que de surveillance.

C'est donc à la mère surtout, et pour les premières années de l'enfant, que s'adresse ce petit livre.

Il **naît** plus de garçons que de filles (un vingt-cinquième environ), d'autre part il meurt pendant la première année, plus de garçons que de filles (un sixième environ). La mortalité est plus grande dans les régions froides, et, dans une même région, pendant les mois d'hiver.

A la naissance, les garçons **pèsent** un peu plus que les filles ; poids moyen des garçons 3 kil. 20, poids moyen des filles, 2 kil. 90.

Les différences de poids sont parfois très grandes. Voici celles qu'on a constatées : poids maximum des garçons : 4 kil. 50, des filles 4 kil. 25 ; poids minimum des garçons 2 kil. 34, des filles 1 kil. 12. Le premier enfant est ordinairement, toutes circonstances égales, celui qui pèse le moins. Quand la mère est jeune, l'enfant pèse moins.

La quantité d'aliments ingérés pendant la grossesse influe sur le poids du nouveau-né. Aussi les femmes qui ont eu de fréquentes nausées ont-elles des enfants de petit poids, de même celles qui ont de nombreuses hémorragies.

Mais le poids des enfants au moment de leur naissance n'a pas une importance très grande sur leur développement futur, s'ils sont d'ailleurs sains et biens conformés.

* *

La croissance : Un enfant naissant, de taille normale, mesure environ 40 centimètres. Il doit croître de 20 centimètres la première année de sa naissance et de 10, pendant la seconde; puis progresser de façon continue mais bien moins rapide, à mesure qu'il avance en âge. Dans l'espace des six premières années, un enfant doit avoir doublé sa taille; pendant les dernières années, c'est-à-dire vers 20 ans, l'augmentation de taille est ordinairement de 15 à 20 millimètres seulement. Les jeunes garçons croissent moins rapidement que les fillettes; mais ils grandissent plus tard. Le poids ne suit pas de manière régulière l'augmentation de taille, la conformation de chaque enfant faisant varier ce poids très sensiblement.

* *

Dans le développement comme dans l'éducation, les garçons sont plus **précoces** que les filles, même pour la parole !

* *

Beaucoup de **tranquillité** autour d'un enfant. Le bruit l'inquiète et frappe son imagination; son cerveau et ses nerfs encore mal formés souffrent des cris dont il ne voit pas la cause, des heurts et des mouvements brusques; ainsi il est mauvais de le secouer ou de le faire sauter en le reprenant brusquement entre les mains comme on le fait trop souvent; de le secouer vivement dans un berceau ou dans une voiture; éviter les cris et les bruits qui pourraient le surprendre; pour la même raison, il ne faut pas le chatouiller, ses nerfs peuvent s'en ressentir d'une façon grave.

L'allaitement

Il n'y a peut-être pas d'espèce de lait, dont les propriétés physiques varient autant que celui de la femme; il est, suivant les sujets, et chez chacun d'eux suivant les moments, ou très transparent ou très opaque; il ne semble pas d'ailleurs que ces variations aient une influence notable sur l'alimentation de l'enfant.

Dans les premiers jours de l'allaitement, le lait est jaunâtre, il devient ensuite blanc.

L'analyse de Doyère a donné, pour la composition chimique du lait de femme, les chiffres suivants :

Eau	874
Beurre	38
Caséine	3
Albumine	13
Sucre	70
Sels	2
	1000

Le lait de femme est sucré, peu fourni en caséum, dépourvu de cohérence; sa crême ne fournit point de beurre.

*
* *

A moins d'obstacles résultant de la santé générale ou constitutionnelle de la mère, de maladies, de l'absence ou de la mauvaise qualité du lait, les **avantages de l'allaitement maternel** sont incontestables pour la mère et

pour l'enfant. L'enfant y trouve une nourriture appropriée
à son âge, et la mère évite mieux les accidents résultant
de l'engorgement et de l'inflammation aiguë et chronique
des mamelles, de la fièvre de lait, etc. Il est cependant des
femmes dont le lait ne convient pas à leurs enfants : tel est
celui d'une femme atteinte de scorbut, d'affections nerveuses graves, telles que l'épilepsie, de cancer, d'accidents gout-
teux, de scrofules ou de phtisie, quoique souvent dans
ces deux dernières maladies les femmes aient une grande
quantité de lait : leurs nourrissons, gras et frais pendant
qu'ils tettent, dépérissent après le sevrage et finissent toujours par être affectés des mêmes maladies que leurs mères.
S'il est un moyen de les soustraire à la funeste hérédité
qu'ils ont reçue d'elles, c'est de leur faire téter le lait d'une
nourrice pleine de santé et de vigueur, et d'un tempérament opposé à celui de la mère.

Il en est de même lorsque la mère est d'une constitution
très faible, sans être attaquée d'aucune maladie.

.
. .

Dans les premiers jours qui suivent l'accouchement, le
lait est clair, peu abondant, et son utilité est incontestable
pour aider le nouveau-né à débarrasser l'intestin des matières ou *meconium* qui l'obstruent ; ce n'est qu'après huit
à dix jours que le véritable lait apparaît. Il y a là une
gradation que rien ne peut remplacer d'une façon absolument satisfaisante.

.
. .

Dans les premiers jours de l'allaitement, le lait de la mère
renferme, en outre, une matière spéciale, le *colostrum*, dont
les propriétés purgatives sont très utiles à l'enfant, ce colostrum disparaît avant la fin du premier mois ; à part cette
exception, l'âge du lait a peu d'influence sur la proportion
de ses éléments ; donc, il semble indifférent que la nourrice
choisie allaite son propre enfant depuis plus ou moins
longtemps, si celui-ci ne dépasse pas sept mois.

Si l'enfant est confié à une nourrice dès sa naissance, le colostrum est remplacé par des potions purgatives.

* *

Ne doivent pas nourrir :

Les mères trop jeunes ou ayant dépassé 35 ans, lymphatiques à l'excès, anémiques, albuminuriques, diabétiques, phtisiques ou simplement faibles de la poitrine, celles qui ont des accidents saturnins, mercuriels, les fièvres paludéennes ou intermittentes, des accidents nerveux caractérisés : hystérie, épilepsie, irritabilité excessive ; le mamelon trop court, déformé ou profondément crevassé.

Enfin, d'une manière générale, celles que des préoccupations mondaines, ou un travail régulier au dehors, empêcheraient de s'occuper avec toute l'attention et toute la tranquillité nécessaires, de leurs fonctions de nourrice.

* *

La **qualité** du lait ne dépend pas absolument de l'apparence plus ou moins vigoureuse de la femme, non plus que de seins plus ou moins volumineux ; des femmes qui semblent faibles et malingres sont excellentes nourrices, tandis que de robustes paysannes donnent un lait pauvre et indigeste ; c'est aussi un préjugé que d'attribuer une trop grande importance à la couleur des cheveux de la nourrice ; pourtant les brunes ont le lait un peu plus dense.

* *

Les femmes qui ont déjà eu un ou deux enfants ont un lait plus riche que les primipares ; le lait peut s'affaiblir, au contraire, chez les femmes anémiées par des grossesses trop fréquentes.

* *

L'alimentation a la plus grande part dans la quantité du lait, des expériences ont maintes fois démontré qu'après

une nourriture animale abondante le lait est immédiatement plus riche en beurre et en caséum; des privations,
ou même une alimentation exclusivement végétale amè-
nent une diminution de 25 0/0 sur le beurre, de moitié
sur la caséine, plus de 80 0/0 sur les sels. On ne saurait
donc trop apporter d'attention à l'alimentation.

Pourtant, d'une manière générale, on peut dire que
rien ne doit être changé au **régime** habituel, chez la
femme qui nourrit; l'alimentation doit être forte sans excès et sans surcharge de l'estomac; elle pourra comporter
tout ce que l'estomac digérera facilement, à l'exclusion
pourtant des farineux tels que les fèves ou les haricots;
il est de la plus grande importance aussi d'éviter les al-
cools et l'abus du vin. Beaucoup de femmes, mères ou
nourrices, croient utile pour réparer leurs forces de boire
davantage et de boire du vin pur, beaucoup de café, etc.
Rien n'est plus nuisible à l'enfant; quand il n'en résulte
pas immédiatement des convulsions, tout au moins des
insomnies qui le fatiguent, il paye toujours plus tard cette
imprudence par des inflammations, des maladies de peau,
des constipations incoercibles.

Il est nécessaire de bien **nourrir** la mère pendant la
durée de l'allaitement, mais c'est alors surtout qu'un régime raisonné est indispensable, car beaucoup d'aliments
ont une influence directe sur le lait. Notamment on devra faire attention que le sel a une fâcheuse action sur la
sécrétion du lait; il ne faut pas en abuser; le vin pur passe
aussi dans le lait, peu de temps après que la nourrice en
a pris, l'enfant qui tette devient inquiet, nerveux, parfois
même il a des convulsions.

* * *

La femme qui nourrit se gardera de prendre des **médicaments** à tort et à travers, car la plupart, surtout les sels
minéraux, passent dans le lait en proportion plus ou moins
grande et auraient sur l'enfant une action presque toujours
trop grande et souvent dangereuse.

Les principes de l'absinthe, de l'ail, du thym, de la gra-
tiole, de l'euphorbe, de la clématite, du colchique, du fer,
du sulfate de quinine, du chlorate de potasse, de l'iode, de
l'opium, du bismuth, de l'arsenic, de tous les composés de
zinc, de l'antimoine, du mercure, etc., passent sans modification dans le lait. Le médecin pourra peut-être profiter de
cette élimination, mais avec les indications de la science ; il
pourrait être très dangereux d'en faire l'expérience soi-
même et d'une façon irréfléchie.

⁂

L'imagination a une influence très notable sur la production et la qualité du lait. Une mère qui n'aime pas
son enfant sera une mauvaise nourrice.

⁂

Si la femme qui nourrit est soumise à une **émotion**
très vive, une grande crainte, une colère excessive, il
faut laisser écouler un certain temps avant de lui permettre de donner le sein, ou bien faire sortir le lait ren-
fermé dans la mamelle au moment de cette violente
impression. Ce lait est mauvais, et amènerait très probablement chez l'enfant des convulsions, même un empoi-
sonnement mortel.

⁂

L'enfant devra être mis au sein cinq ou six heures
après sa naissance ; il est inutile d'attendre comme on
le fait souvent, la **montée du lait**, qui peut tarder un
jour ou deux.

Bien que l'enfant soit dès sa naissance difficile à ras-
sasier, il est nécessaire de le **régler** dès le premier
jour pour l'heure de ses repas ; il ne faut pas se
laisser influencer par ses cris, par ses demandes répétées ; c'est la meilleure manière de ménager à la fois
son estomac et les forces de la mère. Si on lui im-
pose aussitôt cette règle, l'habitude viendra vite, et il

supportera l'attente sans crier, quitte à manifester sa faim
à la minute même où il a le droit de boire; car c'est chose
curieuse que d'observer chez les jeunes enfants cette connaissance instinctive du temps.

*
* *

Après douze ou quinze jours, il faut régler les tétées.
Pendant le jour, on prendra l'espace de deux heures, qui
est le plus convenable, et la nuit deux fois, seulement,
à minuit, à six heures. Ce dernier espacement est un
peu difficile à obtenir, mais on y arrivera avec patience
et fermeté. Donc, toutes les deux heures et deux fois seulement pendant la nuit, afin que la femme qui nourrit
puisse dormir et se reposer, voilà le terme le plus raisonnable, adopté aujourd'hui par les médecins pour les
débuts de l'allaitement. Si l'enfant manifeste des exigences autres, il faut savoir lui résister, dans l'intérêt
de tous; ses cris ne dureront que peu de temps s'ils
sont toujours inutiles, et d'autre part, lorsqu'on habitue l'enfant à ne pas crier pour toutes ses fantaisies,
en ne lui donnant pas satisfaction, on se rend mieux
compte de la valeur de ses plaintes lorsqu'il crie par suite
de véritables souffrances.

*
* *

Les premiers jours, la mère se contente, pour donner
à teter, de se mettre avec précaution sur le côté; plus
tard, elle s'asseoit commodément, le dos et les reins
appuyés sur les oreillers d'abord, sur le dossier d'une
chaise basse dans la suite. Elle soutient l'enfant du
bras gauche, l'aide de la main droite à trouver le mamelon, et veille à ce que le sein soit toujours distant
de ses narines afin qu'il puisse respirer librement. Pour
éviter les crevasses, la mère devra après chaque tetée
essuyer doucement le bout du mamelon avec un linge
de toile propre et fin. Elle présentera successivement
les deux seins à l'enfant; c'est le moyen d'en opérer

le dégorgement régulier et d'éviter les excoriations et les gerçures que pourrait occasionner la succion constante d'un seul mamelon.

⁎

Ne pas donner à **sucer** un morceau de liège, d'éponge ou de linge en tampon (**nouet**). C'est inutile, l'enfant cessant de crier quand il voit que décidément ses plaintes ne lui rapportent rien. Le nouet s'imprègne de salive, s'aigrit, et donne la diarrhée, surtout le muguet.

⁎

Habituer l'enfant à prendre de temps en temps le biberon est toujours une bonne précaution, pour le cas où l'on se trouverait subitement empêchée de lui donner le sein, car alors beaucoup d'enfants montrent de la répugnance à changer ainsi leur mode d'allaitement.

⁎

Pour éviter les **crevasses** il faut essuyer le sein, après chaque tetée. D'ailleurs, en laissant du lait au bout du mamelon, il s'aigrit et peut faire mal à l'enfant dès la tétée suivante.

Si l'enfant a de la **difficulté à teter**, c'est peut-être que sa langue est mal conformée, qu'il a *le filet*, suivant une expression populaire. Mais dans ce cas, qui est rare, c'est au médecin seul qu'il appartient d'y remédier.

⁎

Deux particularités peu connues; le lait est d'autant plus riche qu'il a été tiré plus tard; le premier lait de la tetée est le plus pauvre; en outre le lait est d'autant plus aqueux, qu'il y a eu un intervalle plus long entre deux tetées, par conséquent, en espaçant beaucoup celles-ci, on donne à l'enfant un lait moins nourrissant, alors qu'on serait tenté de croire le contraire.

* *

Avant la tetée, si un long espacement s'est produit depuis la dernière, le lait est pauvre et séreux; l'eau domine; c'est pendant la tetée, lors de la montée du lait, que celui-ci est le plus riche. C'est donc à ce moment qu'on doit prélever le lait, pour l'analyser.

* *

Si pendant que l'enfant tete, la nourrice éprouve une **sensation désagréable** dans les seins et dans le dos, en même temps que sa bouche et son gosier se sèchent, c'est que les seins sont momentanément taris, il faut donc enlever l'enfant et attendre que le lait revienne en quantité suffisante.

* *

Une nourrice doit éviter de donner le sein immédiatement après un exercice fatigant, et surtout lorsqu'elle est baignée de sueur.

* *

L'état de **fièvre** amène une diminution de la quantité du lait, du nombre des globules laiteux et de la proportion d'eau, d'où l'indigestion et la diarrhée chez le nourrisson. Néanmoins, dans nombre de cas celui-ci ne paraît pas en souffrir. C'est au médecin de décider si la nourrice doit être changée.

* *

Le retour des règles pendant l'allaitement n'a ordinairement pas d'influence notable sur la santé de l'enfant; pourtant si celui-ci dépérit, éprouve à ce moment des vomissements, de la diarrhée, de la fièvre, il faut changer la nourrice.

* *

Souvent l'allaitement naturel se trouve interrompu par une nouvelle **grossesse**. Cet incident n'est pas considéré pendant les trois premiers mois comme un empêchement à la continuation de l'allaitement. L'état de l'enfant doit guider à cet égard.

LA NOURRICE

Étant admis que la **nourrice** à gages est nécessaire, comment la choisir?

Tout d'abord, de belle apparence, grande, la poitrine large et bien développée, extérieurement propre, ce qui indique du soin pour sa personne, pas trop jeune, pas au delà de trente-cinq ans; autant que possible, qu'elle ait eu plus d'un enfant, son expérience sera ainsi plus grande; que son enfant ait de deux à sept mois, pas davantage, car au delà, son lait serait indigeste pour un nouveau-né, et c'est un préjugé reconnu erroné que de croire qu'un jeune enfant *renouvelle le lait*.

* *

L'examen du lait au microscope et au butyromètre est indispensable. Pour les nourrices sur lieu, il est facile de se rendre compte de l'état de l'enfant au moyen de la pesée fréquente.

* *

Les seins d'une bonne nourrice doivent être bien formés, bien pleins avec le mamelon franchement saillant; il n'est pas nécessaire que les dents soient saines, surtout chez les femmes de campagne, mais il faut examiner avec soin les gencives, si celles-ci sont pâles, on a affaire à une femme anémique, peut-être même phtisique.

Les brunes sont préférables aux blondes, et surtout aux rousses, dont le lait plus séreux amène parfois la diarrhée. Pourtant il ne faut pas attacher trop d'importance à cette couleur des cheveux.

Enfin s'assurer, par un examen que seul un médecin peut faire utilement, que la nourrice n'est atteinte d'aucunes affections rachitique, scrofuleuse, dartreuse, chronique de quelque nature qu'elle soit ou d'origine microbienne, car cette maladie pourrait passer à l'enfant par le lait. Il faudrait même, pour être complètement rassuré, connaître avec certitude l'état de santé de ses ascendants. Les difficultés de ces enquêtes sont un des arguments les plus forts qu'on puisse opposer à l'allaitement par une femme étrangère.

* * *

Après le physique, le **moral**. Or, la nourrice doit au moral présenter une grande tranquillité d'esprit, de la gaieté, et surtout une douceur à toute épreuve ; car les soucis, la tristesse et la colère ont sur son lait une action délétère qui se traduit par le dépérissement de l'enfant, des coliques et des convulsions.

L'alcool, la bière, le vin, augmentent peut-être la sécrétion du lait, encore pas chez toutes les nourrices, mais ils nuisent en tous cas à sa qualité. Le lait ainsi obtenu est irritant et échauffant. La boisson idéale est le lait ou la bière, la base d'alimentation la meilleure : tous les légumes, les œufs, le chocolat, les viandes rouges si la nourrice en a l'habitude. Les acides : vinaigre, tomates, fruits, sont généralement contraires à la production du bon lait.

* * *

Signalement de la bonne nourrice : Age, de 20 à 32 ans; mère depuis deux mois au moins, sept ou huit mois au plus. Formes rondes et potelées, chair ferme et rose, aucune cicatrice ni tache au cou, sous les bras, aux doigts près des ongles, sein suffisamment gros, un peu dur, ni ridé ni flasque près de la poitrine, les veines bleuâtres apparentes, le bout saillant et plutôt gros que petit, les épaules larges, le système musculaire développé, les cheveux plutôt bruns, pas rouges, les dents saines et surtout, ce qui est le plus important, les gencives fermes et d'une belle couleur, l'humeur gaie, l'air ouvert, les traits gracieux; l'apparence propre et soignée; les femmes de cultivateurs sont préférables aux femmes d'ouvriers, parce que leur installation est plus large et qu'elles ont facilement du lait de vache pour compléter la nourriture s'il est besoin; la contrée a aussi son importance; une partie de la Picardie, l'Orléanais, la Sologne, pays marécageux et fiévreux, doivent être évités avec soin, car la mortalité des jeunes enfants y est proportionnellement plus grande. La femme qui a déjà nourri un ou deux enfants est préférable; la femme mariée est préférable à la fille-mère, car le moral, même la moralité, a son importance.

*
* *

Les **nourrices de la campagne** qu'on fait venir à la ville s'y trouvent rarement bien au point de vue de la santé. En tous cas, il faut veiller à ce qu'elles prennent beaucoup d'exercice, et à ce qu'elles ne se gavent pas de nourriture forte, de viande, d'alcool, de café. Paresse et gourmandise sont en effet les deux défauts de ces nourrices ainsi transplantées, et que l'oisiveté relative entraîne à dormir et à manger toute la journée; les deux sont aussi nuisibles au nourrisson.

*
* *

Le fait de présenter un bel enfant n'est pas une preuve de l'aptitude à nourrir celui des autres. Il n'est pas rare de voir une mère qui a élevé fort bien son propre nourrisson n'avoir comme nourrice d'autres que de fort mauvais résultats.

2

Il arrive souvent que le changement de vie, l'éloigne-
ment de son enfant, diminuent pendant les premiers jours
le lait d'une nourrice ; il ne faut attacher de l'importance
à ce phénomène que s'il s'établit à demeure.

A l'aspect, **le bon lait** doit être transparent sur l'ongle
où l'on laisse tomber une goutte, il doit paraître blanc et
lisse, présenter une consistance moyenne, ni trop liquide,
ni trop épais ; le mauvais lait est de couleur et de consistance inégales, entrecoupé de stries, écumeux ou coagulé
par places, il a une amertume prononcée, une odeur désagréable, et s'aigrit vite. Quelques gouttes projetées dans
l'eau se dissolvent très lentement ou au contraire dispa-
raissent presque instantanément, en tous cas elles ne
tombent pas en grumeaux au fond.

Pour rétablir ou activer **la sécrétion** du lait.

Cataplasme de feuilles de ricin ou de pimprenelle ; une
poignée dans deux ou trois litres d'eau, bouillie jusqu'à
demi-dessiccation.

Deux ou trois fois par jour : Quatre grammes, dans de
l'eau, de la poudre suivante :

Semence d'anis
Semence de fenouil } 4 grammes.
Semence de nigelle   2   —
Trochisques de craie
Trochisques d'yeux d'écrevisse } 3 grammes.
Sucre   8   —

ou bien de la poudre :

Semence de fenouil } 1 gramme.
Écorce d'oranges
Magnésie carbonatée 8   —
Sucre   2   —

Deux ou trois grammes de cumin par jour. Sirop de galega, trois cuillerées par jour. Électrisation des mamelles. Excitation des mamelles par la succion prolongée du mamelon.

Le régime alimentaire a aussi une très grande influence. Les aliments les plus favorables sont le pain, le sucre, les farineux, les œufs, le lait sous toutes ses formes, le café au lait, les purées de légumes, la viande, et comme boisson, la bière.

* *

Si l'enfant **s'endort au sein**, sans téter, c'est que la nourrice a un lait insuffisant ou mauvais.

L'ALLAITEMENT ARTIFICIEL

Il est des cas, fréquents surtout aujourd'hui, où la mère ne pouvant pas nourrir, préfère une alimentation au **biberon**.

Le lait de vache et le lait de chèvre, suivant le pays, sont les plus employés ; pourtant le lait d'ânesse est celui qui se rapproche le plus, par sa composition et ses qualités, du lait de femme.

Les chiffres suivants, donneront la proportion des divers éléments dans chacun de ces laits :

	FEMME.	ANESSE.	VACHE.	CHÈVRE.
Densité	1033.50	1032.10	1033.40	1033.85
	grammes.	grammes.	grammes.	grammes.
Eau..............	900.10	914	910.01	869.52
Extrait sel........	133.40	118.10	123.32	164.34
Beurre...........	43.43	30.10	34	60.68
Sucre...........	76.64	69.30	52.16	48.56
Caséine..........	10.52	12.30	21.12	44.27
Sels.............	2.14	4.50	6	9.10

Comme l'on voit, le lait de vache et surtout le lait de chèvre se distinguent par la proportion considérable de **caséine**, substance qui contribue à former le fromage ; c'est pourquoi les selles de l'enfant nourri au lait de vache ou de chèvre ont cette odeur particulière de caséine mal digérée qu'on y retrouve parfois en caillots ; ces laits étant pauvres en sucre, relativement, il est utile d'y ajouter une cuillerée de sucre par litre pour les donner à l'enfant. Il ne faut mettre le sucre qu'au moment de servir le lait, sans quoi celui-ci pourrait tourner.

*
* *

Le lait **bouilli** est moins digestible et un peu acide, par suite de la formation d'acide lactique dégagé par la chaleur.

Non seulement le lait de vache est pauvre en phosphate de chaux, qui est la nourriture des os, mais il est trop riche en caséine, la nourriture des muscles, ce qui n'est pas moins fâcheux, car l'estomac s'en trouve surchargé, et une partie du caillot passe dans les selles qui deviennent grumeleuses et contractent une odeur de fromage très désagréable. D'où la nécessité de couper d'abord le lait de vache à l'aide d'eau filtrée et saine, ou d'orge ou de gruau. La proportion d'eau sera des deux tiers pour les trois ou quatre premières semaines, de moitié pendant les 2ᵉ et 3ᵉ mois, du quart pendant les 4ᵉ et 5ᵉ mois, enfin le lait pourra être donné pur à partir de 6 mois, même un peu avant si l'enfant le supporte bien.

Le lait de chèvre étant plus nourrissant et plus fort exige une proportion d'eau plus grande.

Si l'enfant boit avidement tout son biberon, on pourra diminuer un peu l'eau.

*
* *

Le lait de la **même vache** pourvu que celle-ci soit nourrie régulièrement de la même façon, a l'avantage d'éviter les accidents intestinaux produits par un lait tantôt aqueux, tantôt épais.

* *

Éviter de donner aux jeunes enfants du lait provenant de vaches nourries avec des pommes de terre, des raves, des choux, de l'herbe fraîche, de la lie de bière ; ce lait amène souvent des diarrhées et des vomissements.

* *

Si l'on emprunte pour nourrir l'enfant, le secours d'une **chèvre**, il faut faire grande attention à l'alimentation de celle-ci. Elle devra prendre peu de racines, qui communiquent au lait un goût âcre, mais néanmoins, des carottes, puis de la luzerne sèche, des tourteaux de maïs, et de l'herbe verte en petite quantité.

* *

Le lait dans le biberon doit être donné **tiède**, à 36 ou 37 degrés, ce qui est la température au sein de la mère, il faut donc chauffer ce lait à 40° environ, pour tenir compte du refroidissement. On apprécie cette température sans thermomètre, en posant le flacon rempli de lait sur son œil fermé. Si la sensation est agréable, le lait est à point.

* *

Un biberon **mal lavé**, mal tenu, non seulement d'une manière habituelle, mais même une seule fois, est un instrument de mort.

* *

C'est une excellente chose que d'avoir toujours en service deux biberons, l'un servant au bébé, et l'autre, vide, trempant dans l'eau chaude alcalinisée avec un peu de carbonate de soude.

* *

Les biberons fermés par un **bouchon de liège** sont à rejeter, parce que le liège s'imprègne de lait qui s'y aigrit et

devient un poison suffisant pour donner la diarrhée cholériforme; les biberons où la montée du lait se fait d'une
manière automatique peuvent suffoquer le nourrisson.

*
* *

Le lait s'altérant très vite, on a recherché les moyens
de prolonger sa **conservation**.

Le plus anciennement connu, qui jouit d'une faveur
imméritée, c'est l'ébullition. Elle ne donne pas de résultats suffisants. Beaucoup de microbes ou de ferments
ne sont pas détruits; le sucre de lait, la caséine se sont
modifiés, et le lait est privé des gaz indispensables à
une bonne digestion. L'ébullition conduit souvent les enfants à l'entérite, aux vomissements, à la diarrhée, à
l'anémie.

On a préconisé de nos jours divers systèmes qui offrent
des avantages réels aux points de vue de la destruction
des ferments, mais des inconvénients aux points de vue
de la nutrition et de la digestibilité du lait, ce sont principalement la pasteurisation, la stérilisation, la maternisation.

*
* *

La **pasteurisation** est le chauffage du lait au moyen
d'appareils qui reposent sur le principe suivant : le lait
est placé dans des flacons de dimensions diverses fermés au moyen d'un système permettant la sortie des
gaz ou vapeurs produits par la chaleur, mais s'opposant
à la rentrée de l'air lors du refroidissement.

L'obturateur étant placé, on dispose les flacons dans
un bain-marie dont on porte l'eau à l'ébullition que l'on
maintient pendant 40 ou 45 minutes. Le bacille de la
phtisie disparaît à cette température.

Comme le chauffage est fait à l'abri de l'air, ce procédé a l'avantage d'empêcher toute contamination de cet
aliment par l'air jusqu'au moment de son emploi, et

d'assurer sa conservation pour un temps restreint, 24 heures au maximum.

*
* *

Le **lait stérilisé** est porté en vase clos à une température beaucoup plus élevée, 120° environ, à laquelle aucun ferment, bon ou mauvais (car la plupart sont bons) ne résiste. Aussi ce lait se garde-t-il beaucoup plus longtemps. Mais il contracte une couleur brune, une odeur désagréable rappelant le caramel; après un ou deux mois, cette odeur est insupportable, et les enfants ne s'y habituent pas. En outre, sa digestibilité est beaucoup diminuée.

Enfin les partisans de la stérilisation ont prétendu que ce procédé ferait disparaitre la fraude. Malheureusement la principale est au contraire encouragée, nous voulons parler de l'écrémage.

En effet, l'abondance de la crème étant une cause d'altération plus rapide, il s'ensuit que l'industriel priverait le lait d'une partie de cette crème pour avoir un produit se conservant plus longtemps.

*
* *

La **maternisation** consiste à faire tomber du lait additionné d'eau en parties égales dans une turbine à laquelle on imprime un mouvement giratoire très rapide, et propre à développer une force centrifuge telle qu'elle chasse les parties les plus lourdes à la périphérie et laisse les plus légères au centre, de manière à posséder un lait plus riche en matières grasses et plus faible en caséine, se rapprochant le plus possible du lait de la femme. On fait écouler ce lait par un tube grillagé placé dans l'axe de la turbine.

Or, ce lait *maternisé* est aussi un aliment incomplet et insuffisant.

Il diffère du lait frais par la diminution de moitié des hydrates de carbone, dont l'importance est plus grande pour l'enfant que celle de la caséine, le nou-veau-né perdant plus par la décalorification et la res-piration que par le mouvement.

Les gaz et les aldéhydes ont en partie disparu, par conséquent la digestibilité diminuée. L'eau ajoutée a pu le modifier, l'altérer.

La stérilisation est nulle.

*
* *

Combien l'enfant doit-il **absorber de lait** ? Environ 30 grammes le premier jour, 150 gr. le 2e jour, 400 gr. le 3e, 550 gr. le 4e jour, en dix tetées.

Puis, à un mois, 650 gr. en 9 tetées ; à deux mois, 700 gr. en 7 tetées ; à trois mois, 840 gr. en 7 tetées ; à quatre mois, 900 gr. en 6 tetées. Le Dr Segond a résumé en un tableau les meilleures conditions de nourriture pour l'en fant au sein.

	10 TETÉES.				9 TETÉES.	6 À 7 TETÉES.							
	1er jour.	2e jour.	3e jour.	4e jour.	1er mois.	2e mois.	3e mois.	4e mois.	5e mois.	6e mois.	7e mois.	8e mois.	9e mois.
Poids de la tetée.	gr. 3	gr. 15	gr. 40	gr. 55	gr. 70	gr. 100	gr. 120	gr. 140	gr. 150	gr. 150	gr. 150	gr. 150	gr. 150
En 24 heures..	30	150	400	550	630	700	850	900	950	950	950	950	950

Il est très important de se pénétrer de ces chiffres, et de ne guère les dépasser, surtout dans l'allaitement au lait de vache à l'aide du biberon. Beaucoup de mor-talités chez les nouveau-nés allaités au biberon, pro-viennent d'excès de lait administré par des mères ou nourrices ignorantes et qui croient fortifier leur enfant alors qu'elles le tuent. Ceux qui échappent à ce régime de suralimentation restent débiles et rachitiques.

* *

Nous avons dit qu'à sa naissance un enfant pèse environ 3 kilogr. Immédiatement après, par suite de l'évacuation du méconium, son poids diminue.

La perte de **poids** peut atteindre 100 gr. après les deux premiers jours de la naissance. A partir du septième jour, l'enfant doit augmenter régulièrement de 25 gr. par jour pendant les cinq premiers mois, de 10 à 15 gr. par jour pendant les mois suivants, et de manière à ce que la progression conduise aux résultats ci-après :

A cinq mois, le poids sera le double de celui observé à la naissance ; à seize mois, le poids sera le double de celui observé à cinq mois, ou le quadruple de celui de la naissance.

Voici d'ailleurs le tableau de croissance, chiffres moyens pris d'après un grand nombre d'enfants :

	Naissance.	1 mois.	2 mois.	3 mois.	4 mois.	5 mois.	6 mois.	7 mois.	8 mois.	9 mois.	10 mois.	11 mois.	12 mois.
Augmentation..		750	700	650	600	550	500	450	400	350	300	250	200
Poids total....	3250	4000	4700	5350	5950	6500	7000	7450	7850	8200	8500	8750	8950

Bien entendu, quantité de circonstances peuvent modifier cette progression. On doit saisir, pour la vérifier, le moment où l'enfant se trouve, depuis une quinzaine de jours au moins, dans des conditions favorables à sa parfaite santé.

Un enfant est pesé avant et après la tetée, de temps en temps, afin de s'assurer qu'il prend chaque fois une quantité de lait suffisante.

Si l'enfant ne profite pas assez, c'est que la nourriture

est insuffisante, ou bien qu'il existe une affection des voies digestives.

A partir de cinq mois, les pesées n'ont plus la même valeur comme indication de la santé de l'enfant. Il est surtout important qu'il y ait progression continue de semaine en semaine.

*
* *

Pour **peser** le nourrisson, il faut choisir le matin. Avant qu'il ne soit changé, déposez-le tel quel tout habillé, sur un plateau de la balance; le poids brut scrupuleusement noté, l'enfant est dépouillé de ses langes, couches et bonnets; toute sa petite garde-robe est placée dans la balance; cette tare soustraite du poids brut obtenu, on trouve le poids exact de l'enfant. On lui évite ainsi le contact direct de la balance.

La pesée ne donne quelque exactitude que si l'enfant se tient un instant tranquille.

*
* *

On observe maintenant rigoureusement la **taille** des nourrissons, et le système qui consiste à les peser et à les mesurer souvent est excellent. En effet les sujets qui grandissent prématurément sont plutôt prédisposés aux maladies des poumons, à la phtisie, en tous cas, ils sont très nerveux; ceux qui croissent trop tardivement et avec peine, sont des enfants chétifs, rachitiques; leur dentition, pénible, est également en retard; en observant scrupuleusement les progrès de leur développement, il est donc facile de posséder des notions précises sur leur tempérament, d'en corriger dès la naissance les défectuosités et les fâcheuses tendances. L'alimentation, par exemple, est basée sur ces observations ainsi que les vêtements, les soins corporels : bains, frictions, etc.

La dentition

Plus la dentition est tardive, plus les dents sont bonnes, et moins les accidents sont à craindre.

**

Quand l'éruption des dents est imminente, si le tissu des gencives n'est pas enflammé, les hochets d'os, d'ivoire, de corail, d'or ou d'argent, que l'enfant introduit dans sa bouche, peuvent être utiles : mais si elles sont gonflées et rouges, il faut remplacer ces corps durs par des morceaux de racine de guimauve ou de réglisse, des gimblettes ou des espèces de flûtes faites de la même pâte : ces substances ramollies par la salive calment l'irritation de la bouche. On peut en outre, si l'inflammation est un peu vive, frotter doucement le bord des gencives avec de l'huile d'olive, du beurre frais, du sirop de guimauve. Si la tension des tissus et la douleur sont excessives, des scarifications peu profondes ou une incision convenable auront de l'avantage, opérations qui devront être faites avec la lancette et non pas avec l'ongle, selon l'usage des nourrices, mais il ne faut pas abuser de ce moyen.

Tableau de sortie des dents de lait :

De 1 à 4 mois, pas de dents.			
De 4 à 6 —	2 incisives médianes		(mâchoire inf^{re})
De 6 à 8 —	2 —	—	(mâchoire sup^{re})
De 8 à 10 —	2 —	latérales	(mâchoire inf^{re})
De 10 à 11 —	2 —	—	(mâchoire sup^{re})

De 11 à 14 mois 2 premières molaires (mâchoire inf^{re})
De 15 à 17 — 2 — — (mâchoire sup^{re})
De 17 à 18 — 2 canines (mâchoire inf^{re})
De 18 à 20 — 2 — (mâchoire sup^{re})
De 20 à 24 — 2 deuxièmes molaires (mâchoire inf^{re})
De 24 à 30 — 2 — — (mâchoire sup^{re})

*
* *

Vers six ans apparaissent quatre molaires qu'on prend à tort pour des dents de lait, car elles sont définitives et ne tombent pas. Si ces dents arrivent en mauvais état, il faut les soigner, et au besoin, un peu plus tard, vers onze ou douze ans, les faire arracher pour qu'elles ne gênent ni ne gâtent les dents qui apparaissent à ce moment.

L'enfant de sept ans doit donc avoir 24 dents, dont quatre sont permanentes.

*
* *

Les **accidents locaux de la dentition** des jeunes enfants sont principalement : le gonflement et la tension douloureuse des gencives, les aphtes à la commissure des gencives, à l'intérieur des joues, sur la langue, l'inflammation de toute la bouche, ou *stomatite*, les glandes et abcès sous-maxillaires, ou *adénite*. Ces accidents, très fréquents chez les enfants les mieux soignés, sont fort douloureux et toujours inquiétants.

Contre le gonflement, l'inflammation des gencives, on conseille la succion d'un hochet, ou mieux d'un morceau de racine de guimauve, qui est en même temps émollient, frotter les gencives avec du miel laudanisé, ou avec un des nombreux sirops de dentition, dont voici une formule :

Sirop d'althéa........................... 10 gr.
Sirop de codéine........................ 5 gr.
Borax.................................... 1 gr.
Employer toutes les trois heures.

Les **accidents généraux** qui accompagnent le travail de la dentition, sont : les éruptions cutanées, les affections de la gorge, laryngite et bronchite, les vomissements indiquant le mauvais état de l'estomac, la diarrhée, les convulsions.

Le meilleur des **hochets** est un morceau de racine de guimauve. Si l'on préfère les bibelots, les meilleurs hochets sont alors les anneaux, parce qu'il ne s'y trouve aucune aspérité qui puisse se détacher sous les dents de l'enfant, et être avalée, ou bien blesser ses lèvres et ses gençives.

Lorsque la dentition tourmente trop, frictionner les gencives avec quelques gouttes du sirop :

Chlorhydrate de cocaïne . . . . 0 gr. 25
Borax . . . . 0 gr. 25
Sirop diacode . . . . 2 gr. 50
Sirop d'althéa . . . . 5 gr.

Contrairement à l'opinion répandue, les **dents de lait** ne doivent pas être **arrachées** aussitôt qu'elles branlent, on doit attendre encore quelques jours, assez pour qu'elles puissent être enlevées par un simple effort du doigt; la nouvelle dent apparaît aussitôt et prend sa place, tandis que si l'on arrache trop tôt, les dents voisines se rapprochent et gênent la sortie de la dent définitive.

Si la dent de lait se maintenait solide après l'apparition bien franche de la dent de remplacement, il faudrait cependant procéder à l'arrachage par un moyen violent.

* *

Si l'enfant **tette son pouce** continuellement, il fait avancer les dents du haut; s'il tette un de ses doigts, il fait avancer les dents du bas. Dans un cas comme dans l'autre, déformation du visage.

* *

Il faut attacher plus d'importance qu'on n'en met généralement à soigner et **plomber les dents de lait**, car si celles-ci sont douloureuses, l'enfant prend l'habitude de mâcher incomplètement, et le voilà doté d'une maladie d'estomac pour toute sa vie.

Les dents de lait doivent comme les autres, être nettoyées avec des dentifrices très étendus d'eau, de la poudre; on emploiera seulement une brosse plus douce et plus petite.

Pour **nettoyer les dents** des tout jeunes enfants, on mouille matin et soir les gencives avec une petite éponge trempée dans une solution de borax. Lorsque l'enfant a atteint sa troisième année, on peut se servir d'une petite brosse à dents très douce.

Le sevrage et l'alimentation

L'allaitement dure ordinairement de douze à dix-huit mois et se termine par le sevrage; il est sans grand inconvénient de sevrer un enfant à dix mois ou à deux ans, car déjà à huit ou dix mois l'enfant peut manger de petites soupes et des farineux et, passé dix-huit mois, les aliments qu'on lui donne lui permettent de ne pas souffrir dans l'allaitement naturel de la diminution du lait de sa nourrice et de sa sérosité qui devient plus grande. Avant le sixième ou le septième mois, on ne peut pas sevrer un enfant, car une alimentation autre que le lait à cet âge amène la constipation, la diarrhée, le rachitisme, et une inflammation souvent mortelle de l'estomac et des intestins.

Lorsque les enfants ne croissent pas bien sous l'influence de l'allaitement au sein ou au biberon, on est souvent forcé de **hâter le sevrage**; il est alors prudent de consulter un médecin; alors aussi les aliments stimulants, auxquels on a recours dans les maladies des enfants, presque toujours attribuées à la faiblesse, ont des inconvénients graves. Cette prétendue débilité est une illusion des plus décevantes et des plus funestes; elle est, non une cause, mais très souvent un effet des irritations de l'estomac; les fortifiants puisés dans les cuisines ou dans les pharmacies ne font qu'augmenter la faiblesse; ils allument la fièvre et conduisent au marasme.

**

Bien que ce système soit courant chez les parents igno-
rants, on ne peut pas **fixer d'avance le terme de l'allaitement**. C'est une bêtise et une imprudence de dire :
je sèvrerai mon enfant à 10 mois, ou à 15 mois, etc. On
sèvre quand on peut, quand l'enfant a dépassé le moment
des accidents de dentition les plus redoutables, et quand il
est en bonne santé. Le moment reconnu le plus favorable
est celui qui suit la sortie de la quatrième molaire (12e dent),
et qui précède l'apparition de la première canine ; il cor-
respond au quinzième mois environ, et c'est le terme que
les mères devraient seul se fixer d'avance, sauf à le modifier au moment même si les circonstances ne sont point
propices.

**

En résumé il faut choisir, pour le sevrage, une des épo-
ques de la dentition, soit celle qui suit la sortie des douze
premières dents, soit celle qui suit la sortie de la seizième.
Il faut en tous cas, que les dents soient en nombre pair,
parce que, comme elles sortent deux par deux, il ne faut
pas aggraver par une alimentation nouvelle les troubles
occasionnés par la dent retardataire. Le printemps et l'hiver, si on a le choix, sont les meilleures saisons.

**

Il faut **préparer le sevrage** définitif plusieurs semaines auparavant, par la privation de tetée pendant la nuit,
c'est beaucoup moins pénible pour l'enfant, et la mère
évite aussi, de cette façon, la plupart des accidents qui peuvent résulter d'une suppression brusque du lait alors que
le sein est habitué à une abondante production.

**

Pour **éloigner du sein** les enfants qu'on veut sevrer :
Enduire le mamelon d'une solution de sulfate de quinine,
de gentiane, d'aloès.

Le **régime** alimentaire des **femmes** qui cessent de nourrir sera moins abondant, mais plutôt fortifiant, car l'anémie est à craindre. Les tisanes propres à tarir la sécrétion du lait sont l'infusion de pervenche, la décoction de chiendent nitrée; purgations avec 50 grammes de citrate de magnésie, de l'eau purgative, ou 20 grammes d'huile de ricin; frictions sur le sein avec de l'huile de chénevis chaude, toutes les deux ou trois heures.

Quand, après le sevrage, les **seins** sont **durs et douloureux**, il faut les couvrir de ouate, car un refroidissement à ce moment serait très dangereux et amènerait des abcès.

Il convient toujours de revenir au lait seul durant les crises suscitées par le développement des dents, ainsi que dans les autres cas de maladie. Mais il n'est pas raisonnable alors de pousser les enfants à prendre le sein ou le biberon quand ils y répugnent; leur instinct, comme celui des animaux, leur enseigne l'utilité de la diète. C'est une suggestion naturelle qu'on n'écoute malheureusement pas assez.

L'eau sucrée est la boisson de l'enfant, tant que le lait entre dans son alimentation; le vin, même très étendu d'eau, est trop excitant, et de plus, il rend le lait indigeste par son mélange.

L'enfant mis trop tôt aux potages, aux fécules, au lait donné avec trop d'abondance sous prétexte de le fortifier, succombe rapidement, ou par suite d'une indigestion aiguë ou par consomption, marasme et constipation, suivie bientôt de diarrhée mortelle.

+
+ +

On ne saurait trop condamner la **bouillie** de lait, nourriture grossière et indigeste, qu'une routine aveugle persiste encore à donner aux enfants, dans quelques provinces, malgré les avis des gens éclairés et les résultats funestes de ce mode d'alimentation. Le plus grand nombre de ceux qui sont ainsi nourris de bonne heure, sont sujets aux aigreurs, aux vers, aux engorgements et aux obstructions de l'intestin, au carreau, aux coliques, à la diarrhée et aux convulsions.

La farine de froment est ordinairement celle que l'on choisit pour faire la bouillie, et c'est surtout celle dont il faudrait s'abstenir en ce cas ; le gluten qu'elle renferme, et qui est si essentiel à la fabrication du pain, donne à la bouillie le caractère d'un aliment fade et indigeste, que les sucs de l'estomac ne pénètrent qu'avec beaucoup de travail et qui passe bientôt, par son poids, dans les entrailles, sans avoir accompli l'œuvre de la nutrition. L'orge, le maïs, l'avoine et surtout le sarrasin, dont le pain est infiniment plus grossier que celui de froment, fournissent une bouillie plus délicate, mais qui n'est pas encore sans inconvénients ; le riz lui-même, pour devenir digestible, doit éprouver un mouvement de fermentation.

+
+ +

Bouillie composée par Liebig.

Lait de vache bouilli....................	300 gr.
Fleur de froment.......................	30 —

Après ébullition de quatre minutes, laisser refroidir jusqu'à 32º. Ajouter alors en remuant le mélange suivant, préparé d'avance :

Poudre de malt......................	30 gr.
Bicarbonate de potasse........	1 —
Eau................................	30 gr.

Remettre sur le feu doux, à 50 degrés, pendant une heure et demie, puis faire bouillir pendant quelques minutes, filtrer dans un linge fin ; la bouillie est alors prête à servir.

* *

Les premiers aliments :

Les principales substances qui entrent dans l'alimentation du premier âge, outre le lait, sont l'eau d'orge et l'eau d'avoine, l'arow-root, la crème de riz, la farine de maïs, la farine d'avoine, la crème d'orge, la panade au lait avec peu de beurre ; les œufs frais à partir de 10 mois ; la phosphatine à partir de 6 mois.

L'arow-root délayé dans de l'eau froide et jeté dans le lait bouillant, exige 20 minutes de cuisson, la crème de riz et la farine de maïs, 12 à 15 minutes, la farine d'avoine et la crème d'orge, 5 minutes.

Il est préférable d'employer la farine légèrement torréfiée ou séchée au four, le pain pour la panade peut être aussi légèrement grillé, ce qui rend ces substances plus faciles à digérer.

Lorsque les dents apparaissent, on peut donner une fois par jour, quelques cuillerées d'un potage très clair de tapioca, arow-root, vermicelle, semoule, à l'eau, bien bouilli, un peu salé et sucré.

Après la sortie des incisives supérieures, on donnera le même potage deux fois par jour et peu à peu on l'épaissira pour arriver à la consistance normale des potages quand les huit incisives auront apparu.

Quand l'enfant possède ses premières molaires, il peut triturer des aliments tels que le riz cuit, le pain trempé dans du lait ou du jaune d'œuf, de la purée de pommes de terre, des asperges, des poissons tendres tels que soles, merlan, etc., des cervelles.

Avec les canines, on inaugurera le régime carné, par le bouillon d'abord, puis, s'il est bien digéré, par du jus de viande, quelques débris de volaille hachée, de manière à arriver graduellement au régime de la viande bouillie ou rôtie, en petite quantité, qui peut coïncider sans inconvénient avec l'apparition des dernières molaires.

Donner de la viande trop tôt prédispose à un état inflammatoire qui, coïncidant avec l'excitation et la sensibilité nerveuse consécutives aux phénomènes de la dentition, met l'enfant en danger.

Les aliments solides, gras, surtout la viande, ne peuvent être donnés sans danger que vers l'âge d'un an ; l'eau rougie vers la même époque.

La pâtisserie, lourde, sèche et difficile à digérer, est formellement interdite aux enfants à la mamelle.

Le **régime** de l'enfant, après le sevrage, ne doit comprendre aucun aliment à sauces épicées, ni beaucoup de vin ; cette dernière recommandation n'est pas inutile, car dans certaines familles on s'obstine à vouloir fortifier les enfants avec du vin pur, même avec du pain trempé dans l'alcool, et on les affaiblit ainsi, quand on ne les tue pas : l'eau est pour l'enfant plus fortifiante, ce doit être, avec le lait, sa boisson habituelle. Enfin l'enfant mangera peu à la fois, et souvent, plutôt du lait, de la soupe, plus de sel que de sucre.

Avec ces précautions faciles à prendre, on évitera les maladies qui accompagnent souvent le sevrage, principalement l'inflammation intestinale, qui ne résulte que de la négligence des parents.

Au moment du sevrage, la femme qui nourrit devra se mettre à la demi-diète, boire des tisanes rafraîchissantes, et se purger une ou deux fois avec de l'huile de ricin ou des purgatifs salins ; une application en friction sur les seins d'huile de chenevis chaude, contribue à diminuer et même arrêter la sécrétion mammaire.

Le lait nourrit et ne désaltère pas ; si donc un enfant se plaint de la soif, c'est de l'eau qu'il faudra lui donner, en petite quantité, et très peu sucrée sinon pure.

*
* *

Pendant les premières années, le lait chaud est certainement et dans tous les cas le meilleur aliment, et comme les enfants l'aiment tous, on profitera de toutes les occasions pour leur en donner; y joindre les purées, les œufs, les viandes blanches, les fruits cuits; comme potages, la bouillie bien faite et la panade sont indiquées.

Les viandes noires, les sauces brunes et épicées causent les gourmes, feux, inflammations d'intestins, constipations, accidents nerveux.

Après cinq ans, l'enfant pourra manger comme ses parents, en le restreignant toujours en ce qui concerne les viandes noires, surtout celles qui ne sont pas grillées.

En général, dans les classes élevées, les enfants sont trop fortement nourris.

*
* *

Le régime des enfants exige moins de **graisse** qui celui des adultes; lors donc que l'enfant, comme c'est le cas le plus souvent, manifeste de la répugnance pour la graisse, l'huile, il ne faut pas le forcer, mais, pour ne pas supprimer entièrement la graisse, on lui donnera du beurre et du lait, qu'il prendra facilement.

Peu de viande; l'enfant n'en a guère besoin, et son estomac la digère mal; porter plutôt son alimentation vers le pain, les légumes et les fruits.

*
* *

Les **stimulants** qui agissent sur le système nerveux sont très mauvais pour les enfants, surtout dans les villes; donc pas de thé, de café, de bière forte, de vin pur, il paraît inutile d'ajouter : surtout pas d'alcool. Malheureusement il n'est pas rare de voir des enfants boire la *goutte* avec les parents. On les prépare ainsi non seulement à l'ivrognerie, mais, pour eux et leurs enfants à venir, au rachitisme et à la folie.

Un enfant bien élevé étant réglé pour ses repas, ne pleure pas pour avoir à manger ; lui donner, pour apaiser ses cris, une friandise quelconque est donc inutile, car ses pleurs doivent avoir une autre cause, et en outre, le lendemain à la même heure, il pleurera pour avoir à manger, et ce sera un nouvel embarras qu'on se sera ainsi ménagé par cette erreur d'un instant.

La **gourmandise** est un grand danger, non seulement pour les friandises, mais pour l'ordinaire de la table. L'enfant doit être constamment surveillé à cet égard, et il faut l'habituer à prendre son temps, à mâcher convenablement, à boire quand il faut et sans excès, deux verres au plus.

Rien n'est mauvais pour la santé des enfants, comme ces **sucreries** qu'ils aiment tant ; une seule devrait leur être permise : le miel, dont ils peuvent consommer une quantité notable sans inconvénient, car c'est un aliment sain.

Habitude condamnable que celle de souffler sur les aliments qu'on présente à un enfant, sous prétexte de les refroidir ; l'haleine des grandes personnes est souvent impure et l'enfant prend très facilement toutes les maladies microbiennes.

LES LAVAGES ET LES BAINS.

Les bains presque froids, pris très rapidement, ou les ablutions quotidiennes avec une grosse éponge imbibée d'eau froide, sont un excellent moyen de fortifier les enfants et de calmer leurs nerfs. Frictionner aussitôt après avec un linge de toile ou de flanelle pour bien sécher et produire la réaction. Il ne faut pas laver les enfants dès le réveil, mais une demi-heure environ après leur lever; ces lavages ne doivent être commencés qu'à l'âge d'un mois environ. La chambre, l'hiver, sera chauffée. Si l'enfant est débile, nerveux, irritable, il vaut mieux ne le laver à froid que le soir, au moment même du coucher.

Ce régime une fois commencé ne sera jamais suspendu, même un seul jour. En cas de fièvre légère ou autre indisposition passagère, on fera bien de réchauffer un peu l'eau, pour ne pas produire d'impression trop vive; on suspendra seulement en cas de bronchite, de diarrhée persistante ou d'éruption cutanée.

*
* *

Un bain par jour, c'est beaucoup; deux par semaine semblent bien suffisants pour un enfant bien portant, sinon on augmenterait ces tendances au lymphatisme qu'ont déjà les enfants des villes.

*
* *

Pour le bain, 25 à 30 litres d'eau à la température de 25°, laisser l'enfant trois minutes, c'est assez.

Pour les enfants nerveux, dormant mal, le bain du soir est préférable, et on peut le prolonger pendant 5 minutes en le tenant un peu chaud.

Ne mettre rien autre dans le bain, ni glycérine ni savon, ni son, ni amidon, ni gélatine, à moins que le médecin ne l'ordonne.

Le bain ne doit pas être chaud, mais seulement tiède, de trois ou six degrés supérieur en température à l'air de la chambre. Il doit être court, quelque plaisir que l'enfant y trouve.

*
* *

Ne pas coucher l'enfant après son bain, il transpirerait, et s'affaiblirait.

*
* *

Dans les campagnes, on a tendance à ne jamais baigner les enfants. C'est encore une erreur. Les lavages à l'éponge sont insuffisants pour bien nettoyer les pores de la peau, et pourtant les enfants se salissent beaucoup; en outre, ne connaissant pas l'eau, ils en ont peur, ce qui peut être un inconvénient lorsque survient une maladie réclamant l'action de ce moyen thérapeutique.

*
* *

Pour empêcher que la peau des très jeunes enfants ne crève et se **gerce** en sortant du bain, mêler à l'eau un peu de borax en poudre.

*
* *

Les frictions sèches au tampon de flanelle sont une excellente chose. Si on veut les rendre très fortifiantes, pour les enfants débiles, placer la flanelle au-dessus de la vapeur dégagée par des baies de genévriers ou de la poudre de benjoin, placées sur des cendres chaudes.

*
* *

En le sortant du bain, il faut bien sécher l'enfant avec un linge doux et pelucheux, et le vêtir ensuite très rapidement; le refroidissement est à craindre à ce moment, aussi faut-il conserver sous la main tout ce qui est nécessaire pour le rhabiller, sans avoir à faire même un pas pour chercher les objets.

*
* *

L'eau tiède suffit pour les lavages; en employant de l'eau trop chaude, on anémie l'enfant. Chaque fois que l'enfant a sali sa couche, il faut un lavage local fait avec soin.

Il importe qu'après chaque lavage la peau soit bien séchée; un peu de poudre de riz ou d'amidon est utile sur toutes les parties de la peau sujettes à frottement et au contact irritant de l'urine; mais il s'en suit que cette peau ainsi séchée à l'excès s'irrite au moindre frottement et se gerce sous l'influence de la sueur ou de l'urine. Il est préférable d'employer de la bonne glycérine bien pure, ou de la vaseline, en légères onctions.

Cependant, si la crevasse ou la gerçure était déjà établie, on pourrait craindre, en mettant un corps gras, de faire un appel d'humeur et d'éterniser ce bobo. Dans ce cas, lavages fréquents à l'eau froide, pure ou boriquée, essuyer et bien sécher avec de la bonne poudre de riz ou du lycopode.

*
* *

Il faut éviter de pénétrer dans les cavités plus loin qu'on ne voit; dans les oreilles, il est inutile de faire pénétrer des chiffons roulés en pointe, et surtout il est dangereux de se servir d'épingles entourées de chiffon. Ne jamais verser d'eau dans les oreilles ou y laisser pénétrer l'eau d'un bain.

La peau d'un jeune enfant est extrêmement fine, on se servira donc de linge très doux et d'éponges fines.

*
* *

Lorsque la **tête** de l'enfant se couvre de **crasse**, il faut bien se garder du préjugé qui consiste à considérer cette crasse comme un préservatif par la santé. Toute crasse doit être considérée au contraire comme un danger au point de vue de l'hygiène. On oindra chaque soir la tête ainsi encrassée, avec un peu de vaseline boriquée, et tous les matins, on fera un lavage à l'aide d'une brosse douce trempée dans une décoction d'eau de Panama.

*
* *

La tête des nouveau-nés sera nettoyée souvent avec de l'eau tiède dans laquelle on aura fait dissoudre un peu de borax. La crasse s'enlève avec une brosse douce légèrement trempée dans de l'huile d'olive.

*
* *

Éviter de coiffer toujours dans le même sens ; les cheveux étant encore délicats, une partie de la tête, front ou tempe pourrait se dégarnir, et les cheveux n'y repousseraient pas plus tard ; il faut changer la coiffure assez souvent, et ne pas tirer sur les cheveux avec une brosse rude.

La chambre d'enfant

LE COUCHER

Il vaut mieux une chambre petite et bien aérée qu'une belle chambre ouvrant sur une cour étroite au-dessus d'écuries, abritée par des arbres ou dans le voisinage de hautes maisons qui empêchent l'arrivée des rayons du soleil et de l'air pur.

Les murs seront tenus en parfait état, les fentes bouchées, les boiseries savonnées, les plâtres blanchis à la chaux ou recouverts de papier peint ; les vieux meubles disparaîtront, ainsi que les lourds rideaux en laine : l'organisme de l'enfant est si délicat, qu'il s'empare du moindre germe morbide, auquel un adulte resterait réfractaire.

Les linges mouillés, les vases malpropres devront être aussitôt sortis de la chambre.

Pas de fleurs, pas de plantes vertes, pas de parfums, pas de bruit intempestif, pas de poêle mobile ou fixe, pas de grosse lampe à pétrole surtout la nuit ; pas de rayons de soleil donnant dans les glaces ou sur le vernis d'un meuble.

Lorsque l'enfant commence à marcher, il faut mettre des barrières aux fenêtres, aux escaliers, aux cheminées.

Toutes ces petites indications ont leur grande importance. Si on les trouve trop minutieuses, il ne faut pas se mêler d'élever un enfant.

Le soleil, l'air vif, la propreté, l'ordre, autant de conditions indispensables à la santé et à l'intelligence de l'enfant. Surtout en s'éveillant, que celui-ci trouve toujours de
la lumière mais adoucie, des figures souriantes et calmes,
des objets harmonieux de formes et de couleurs, artistiques
si possible, rien de criard, rien de heurté, de désordonné.
Les impressions premières, très vives dans ce jeune cerveau, ont leur répercussion sur la vie entière, et on n'y
apporte généralement pas assez d'attention.

Jamais de feu, la nuit, dans la chambre d'un enfant,
quelle que soit la rigueur de la saison; dans la journée,
le feu clair de bois est bien préférable au feu de charbon.
Ou devra garantir la cheminée au moyen d'un écran métal-
lique la couvrant en entier; un simple écran serait insuffisant.

Pas de tentures; ce sont des nids à microbes, et ce qu'il y
a le plus à craindre pour l'enfant, c'est précisément la
maladie épidémique : rougeole, scarlatine, fièvres et diarrhées cholériformes. Un léger rideau de mousseline bien
blanche suffit.

Les **rideaux** au lit sont donc inutiles. Pour les mêmes
raisons il faut proscrire les tapis cloués, les plantes, les
fleurs, et le voisinage des animaux, surtout la nuit; le lit
de métal est préférable au lit de bois, le varech, la balle
d'avoine ou le crin, est préférable à la laine et à la plume
pour la confection de la literie, comme étant moins chaud,
s'imprégnant moins de miasmes, d'odeurs et d'urine, et
pouvant être sacrifié volontiers attendu le bas prix.

La température ne sera pas trop élevée, elle ne dépas-
sera pas, en hiver, 16 degrés.

Le jour ne devra pas arriver de face, afin de ne pas

fatiguer la vue; il est préférable qu'il vienne par derrière. S'il vient par côté, il importe que le lit de l'enfant soit souvent changé de place dans la pièce, car sinon, l'enfant ne pouvant pas facilement déplacer tout son corps, pour voir le jour, tournera les yeux constamment de ce côté, et finira par loucher. La plupart des cas de strabisme n'ont pas d'autre origine qu'un lit mal placé.

La lumière très vive pendant le premier mois, peut amener l'ophtalmie des nouveau-nés, maladie redoutable.

* *

Une **cheminée** non allumée fait un appel d'air de plusieurs centaines de mètres cubes à l'heure; allumée, elle déplace 1200 ou 1500 mètres cubes d'air; on conçoit le danger qu'il y a à placer un lit entre cette cheminée et la porte ou la fenêtre, qui, à peine ouverte, feront courant d'air. Cette disposition est donc à éviter.

* *

Il faut proscrire les **édredons** sur les lits d'enfants, leur chaleur est lourde et malsaine; de plus, ou bien ils tombent lorsque l'enfant s'agite selon son habitude, ou bien l'enfant les remonte sur sa poitrine, ce qui amène de la congestion des bronches. Une couverture piquée est préférable.

Enlever les vêtements dès qu'ils sont quittés, ils dégagent des miasmes nuisibles.

Ne pas coucher une personne adulte à côté d'un enfant, encore moins un animal, ne pas travailler dans la même pièce qu'un enfant qui dort.

Peu de meubles dans la chambre d'enfant, et toujours un grand ordre, une minutieuse propreté.

On croit communément que les enfants ne sont pas frileux; c'est une erreur, ils craignent beaucoup le froid, seulement ne savent pas s'en plaindre. Qu'on sache en tous cas, qu'un enfant une fois refroidi, ne se réchauffe que lentement et difficilement.

C'est pourquoi l'enfant doit être bien couvert dans son lit, et surtout dans sa voiturette ; c'est là qu'il prend rhumes et bronchites, sous l'œil d'une mère imprudente qui ne s'assure pas à tout instant s'il a les pieds chauds.

* *

Pourtant, pas d'excès ! en couvrant trop les enfants dans leur berceau, on les expose, surtout l'été, à des feux cutanés, et à une bronchite au moment où on les sort du lit.

C'est à la mère de surveiller et d'appliquer selon la saison la couverture qu'il faut. Les mercenaires n'y entendent généralement rien.

* *

Le berceau doit être à jour, pour que l'air y circule et assainisse tout, contenant et literie. Le berceau plein en bois, est un foyer d'infection, un nid à insectes, d'un entretien très difficile.

Il faut élever le berceau sur des pieds, afin que l'enfant ne soit pas à la portée de l'humidité du sol, et en outre parce que les couches inférieures de l'air sont les plus chargées en acide carbonique irrespirable.

* *

Toute trace de **mauvaise odeur** dans la chambre ou près du berceau d'un enfant, indique un défaut de propreté et par suite un grand danger ; il faut y remédier aussitôt.

Quelquefois la recherche est assez longue : c'est la paille de la paillasse qui doit être changée, une toile lavée, une couverture battue et mise à l'air.

* *

Les enfants ne doivent pas coucher dans le lit de leur mère ou de leur nourrice. Cette pratique est très malsaine ; quand on a donné une fois cette habitude à un enfant, il est extrêmement difficile de l'en défaire.

Il est mauvais de coucher l'enfant sur une toile cirée qui retient l'urine; il est de toute nécessité que celle-ci soit absorbée aussitôt, sinon le corps se trouvera dans les plus mauvaises conditions hygiéniques; donc, si on craint que la literie ne se mouille et ne s'altère trop vite, ce qui nécessiterait des changements fréquents, on devra tout au moins employer le feutre absorbant.

L'emploi du **son** est excellent pour élever les enfants nouveau-nés. On fait faire une petite caisse de bois blanc ayant la forme de l'intérieur du berceau et on la remplit de son passé au four pour l'assainir. On chauffe ce son avec une bassinoire et on le maintient chaud avec des bouteilles de grès remplies d'eau bouillante que l'on place au fond de la caisse. Cela fait, on pose un oreiller comme dans un berceau ordinaire, on creuse un peu le son au milieu de la boîte, pour y placer le baby qui n'a d'autre vêtement que sa brassière, et repose directement sur le son; on recouvre l'enfant avec du son, puis avec les couvertures de son berceau. Quand on retire l'enfant, on l'enveloppe de langes chauffés, puis on passe le son dans une écumoire à larges trous, dans laquelle restent les petites boules agglomérées par l'humidité; on jette celles-ci et on les remplace par du nouveau son, toujours passé au four (J. P. Houzé).

L'enfant ainsi couché n'est jamais mouillé ni coupé, et l'absence du maillot serré laisse toute liberté à son développement.

C'est simple, surtout à la campagne, et peu coûteux.

Le sommeil.

L'enfant a besoin de beaucoup de sommeil. Pendant les premières semaines de sa vie, il dort même presque constamment. Mais à partir de six mois, il ne faut pas laisser dormir l'enfant jusqu'à ce qu'il se réveille tout seul, il importe de le régler en cela comme en toute chose, et en suivant une proportion descendante, ainsi on arrivera à dix heures de sommeil pour l'enfant de six ans, à neuf heures pour l'enfant de dix ans, à huit heures enfin, pour l'enfant de quinze ans, qui ne s'agite plus autant.

Un enfant dont le sommeil est agité, incomplet, qui dort sensiblement moins longtemps que la moyenne de son âge, est maladif et a besoin d'être soumis à l'examen d'un médecin, pour être fortifié en cas d'anémie, baigné et promené en cas de nervosité excessive.

Beaucoup de **calme** autour du berceau. Le sommeil de l'enfant ne doit pas être troublé, et on doit éviter un réveil brusque avec des cris et un flux de paroles exagéré ; le bruit cause dans cette jeune et frêle cervelle un ébranlement nuisible.

Sans aller jusqu'à l'exagération de Montaigne, qui réclamait de la musique au réveil des enfants, on peut dire qu'il est très important que ce réveil soit provoqué doucement et accueilli avec de bonnes paroles, et une figure ouverte.

Pendant les premières semaines après sa naissance, le nouveau-né n'a que deux occupations : manger et dormir.

Il importe de **régler,** dès le début, **le sommeil,** afin de de ne pas être astreint aux exigences de l'enfant, qui, mal dressé, serait insupportable à toutes les personnes chargées de le veiller. L'enfant ne devra dormir que dans son berceau, jamais dans les bras ou sur les genoux, encore moins dans le lit de sa mère ou de sa nourrice. Il n'y aura aucune difficulté à lui imposer cette règle, si l'on s'y prend dès les premiers jours et si l'on continue sans aucune exception. Car l'enfant à qui l'on a cédé aura des exigences toujours croissantes. Donc il suffira de montrer, dès la naissance, de la force de caractère, de laisser crier impitoyablement le petit despote, pour lui imposer un sommeil réglé et facile.

Pour les mêmes raisons, pas de bercement, pas de chansons; autant d'habitudes mauvaises; à toute heure de jour et de nuit, l'enfant ne se rendormira plus qu'avec ce bercement, et sa chanson habituelle chantée par la même voix. Si la mère est absente, malade, c'est un enfer, et cette fois, il faut bien l'avouer, l'enfant a raison.

L'enfant doit être placé **tout éveillé** dans son berceau, et s'y endormir sans qu'on s'occupe de lui. C'est le seul moyen d'être tranquille la nuit, et l'enfant s'y habitue très bien; il faut aussi qu'il dorme sans se réveiller au milieu des bruits ordinaires de l'appartement.

On doit coucher le jeune enfant de préférence sur le **côté gauche**, car le foie étant très développé à cet âge, pourrait souffrir de la compression qui s'exercerait sur lui si l'enfant était couché à droite.

La plupart des enfants se remuent beaucoup la nuit, se découvrent et se refroidissent.

Il faut y veiller, attacher les couvertures par des cordons cousus qu'on fixe aux côtés du berceau et employer de longues chemises de nuit nouées par le bas.

Aussitôt éveillé, l'enfant âgé de plus de cinq ans doit se lever et s'habiller.

Se lever matin est indispensable à la santé de l'enfant, et à ses bonnes dispositions au travail. C'est une règle qui ne doit pas souffrir d'exception.

Quel que soit l'état social d'une petite fille, habituez-la à faire son lit, seule ou aidée, c'est un excellent exercice pour les poumons et les bras, et dans plus d'une occasion elle pourra se trouver bien de ces leçons; un peu plus tard, il sera même bon qu'elle balaye et range sa chambre, il n'y a rien de plus salutaire pour son développement physique, que cet exercice journalier.

LES SOINS.

Il ne faut pas **porter** les jeunes enfants toujours sur le même bras, on leur donne ainsi des conformations vicieuses, des déviations de la colonne vertébrale.

Il ne faut pas les porter assis pendant les cinq premiers mois, mais couchés.

Quand on porte un enfant dans les bras, ne pas le presser contre soi, ce qui nuirait au développement des poumons et au bon fonctionnement de l'estomac.

C'est seulement après les premiers mois, que l'enfant peut être mis sans danger dans ces petites **voitures** qui ont été et sont encore si en vogue auprès des mères paresseuses. L'inconvénient de ces véhicules est de causer un refroidissement rapide auquel on ne prend pas garde. Or, le tout jeune enfant a une très faible chaleur corporelle, et il a besoin de la compléter, à l'air, par la chaleur de la personne qui le porte. Plus tard, on peut avantageusement, et avec une surveillance constante, alterner la voiture et les bras.

* *

Pour qu'un enfant **marche** dès qu'il le peut, il faut le sortir souvent de son berceau ou de sa voiture, et le mettre à terre sur un tapis; dès qu'il s'en trouvera la force, il se relèvera. Ne pas craindre de le voir tomber; les os, à cet âge, sont garantis par des chairs épaisses, et ne se cassent pas facilement. On peut d'ailleurs garantir sa tête par un bourrelet, pourvu qu'il soit léger, ne serre de nulle part, et qu'il soit fait à jour, de manière que l'air circule et empêche le crâne de s'échauffer. Le chariot de soutien, dont on ne se sert plus guère, n'offre que peu d'avantages, il habitue l'enfant à s'appuyer, souvent à faux, et quand on le lui retire, c'est un nouvel apprentissage qu'il lui faut faire pour s'en passer.

* *

Tout enfant bien conformé et bien portant marchera tôt ou tard, et c'est lui qui doit s'en sentir la force ; il est donc inutile, par une impatience puérile ou par un amour-propre maladroit, de forcer l'enfant à marcher trop tôt ; il en est qui ne marchent qu'à 18 mois, ce n'est pas un déshonneur pour leur famille ! Tandis qu'en les faisant marcher avant qu'ils en aient la force, on les fatigue, on leur cause des jambes torses ou des déviations de la colonne vertébrale.

* *

Lorsqu'on apprend à marcher à un jeune enfant, on doit éviter de le tenir toujours par un bras, afin de ne pas lui élever une épaule plus que l'autre ; encore moins faut-il le tenir par la main ; ses articulations sont si peu solides ! un léger faux mouvement, et voilà un os démis ou fracturé.

* *

Il ne faut pas faire marcher un jeune enfant au pas des grandes personnes, cela le fatigue, l'essouffle, et l'empêche de tirer profit d'une promenade.

* *

Habituer l'enfant à ne pas marcher en s'appuyant sur les talons, ce qui est disgracieux et fatigant ; une partie du poids du corps portera sur les orteils.

Se souvenir que si le garçon doit marcher droit, la fillette doit très légèrement pencher le haut du corps en avant; en l'habituant de bonne heure à cette attitude, on préparera la puberté, la maternité, et on lui évitera pour plus tard l'épaississement de la partie inférieure du buste, qui fait le désespoir des femmes de quarante ans.

Bien que l'enfant doive s'habituer à se servir surtout de sa **main droite**, il ne faut pas néanmoins priver le côté gauche de tout exercice, car il en résulterait une faiblesse et même parfois une déviation de la colonne vertébrale; on veillera donc à ce que l'enfant fasse agir le bras et la main gauches, et porte de temps en temps de ce côté, les légers fardeaux dont on peut le charger.

Jusqu'à l'âge de sept ans, on ne doit pas soutenir ou **tirer** un enfant **par le poignet** seul; on risquerait de le lui démettre. Jusqu'à cet âge également, il n'a pas la force suffisante pour se soutenir par l'effort des bras. On devra donc lui éviter et lui interdire tout exercice de ce genre.

Il ne faut pas faire prendre la position assise avant le cinquième mois; auparavant les muscles n'ont pas la force nécessaire pour maintenir le corps droit sur les reins, ni la tête droite sur les épaules.

Toutes les fois que l'enfant est **assis**, qu'il ait les reins soutenus et les jambes non pas pendantes, mais posées sur un tabouret

Les enfants ont toujours tendance à **courber le dos** et à tendre le cou, ce qui les rend voûtés. C'est à ceux qui les surveillent qu'incombe le soin presque continu de les faire tenir droits, en leur répétant sans cesse l'avertissement. Si l'enfant est bien portant, on obtiendra certainement un bon résultat par cette surveillance prolongée jusque vers la seizième année.

Lorsque l'enfant est assis, il ne doit pas allonger les jambes; en les ramenant sous lui, sa colonne vertébrale se redresse d'elle-même.

*
* *

Ne jamais laisser à la portée de l'enfant, ni allumettes, ni aiguilles, ni ciseaux, ni canif ouvert; si un jeune bébé s'empare de ces objets, ne faire aucun mouvement brusque pour les lui reprendre de peur qu'en résistant il ne se blesse ou se brûle, mais employer la persuasion en même temps que la main reprend l'objet dangereux.

*
* *

L'enfant doit être élevé à la maison, c'est le seul moyen de lui donner une éducation conforme à son milieu.

Aux classes laborieuses, comme il leur est impossible de réaliser ce désir, on doit s'efforcer de donner les avantages des crèches.

Les crèches sont une institution fort utile, créée à Paris en 1844 par F. Marbeau, et qui n'est pas encore répandue à proportion des besoins, car on n'en compte pas 150 dans les départements et 60 à Paris. Les crèches reçoivent les enfants de quinze jours à trois ans. La mère peut ainsi travailler au dehors, pendant que son enfant reçoit des soins éclairés.

*
* *

Laisser quelque **initiative** à la bonne d'enfant, et s'assurer de son intelligence, de son sang-froid. En effet il faudra qu'elle sache appliquer les ordres reçus, prendre sur elle de les modifier dans les circonstances imprévues. De plus, elle saura observer le caractère, les tendances des enfants, et mettre les parents au courant; ce dernier devoir demande du tact, car il faut conserver la confiance des enfants et leur sympathie.

Donc, elle rapportera fidèlement tout ce qui concerne le caractère, l'intelligence, la souplesse de son élève, mais que ce rapport soit fait en dehors de la présence de l'enfant, afin qu'il n'en conserve pas, suivant les cas, de l'orgueil ou de la rancune.

On doit **être bon** pour la personne à qui l'on confie ses enfants si l'on veut qu'elle-même soit douce, et la traiter avec une certaine déférence afin que les enfants apprennent à lui obéir et à l'estimer. La politesse, la prévenance et la sympathie doivent être réciproques, sans quoi la bonne aussi bien que les enfants souffriront, et les résultats seront déplorables.

*\
* *

Il ne faut pas trop embrasser les jeunes enfants ni surtout les laisser embrasser par les grandes personnes, ce qui est malsain. Ne pas non plus, les tenir longtemps sur les genoux, ce qui leur échauffe le bassin. En général éviter tout ce qui excite leur sensibilité si impressionnable.

Les enfants les plus sains de corps et d'esprit sont ceux qu'on élève dans une atmosphère d'indifférence... relative.

Faire **jouer** très rarement les jeunes enfants; ils n'en ont pas besoin, s'amusant fort bien tout seuls si on ne s'occupe pas d'eux. On a toujours tort de développer par les jeux leur nervosité, d'autant plus qu'ils ne peuvent bientôt plus s'en passer, et que l'excès du mal en résulte à un point vite dangereux. Mauvais aussi le rire aux éclats, les grimaces, les imitations souvent et vite répétées de gestes ou de cris; ce sont de grandes fatigues pour les nerfs et le cerveau, et on s'expose à payer par une méningite le plaisir de montrer à ses amis un enfant « avancé pour son âge ».

L'ÉDUCATION

Trois causes agissent sur l'homme. C'est d'abord la nature, c'est-à-dire son tempérament, qui est une chose héréditaire et qu'il est obligé de prendre en naissant, tel que la nature le lui fournit. C'est ensuite la société, qui est différente dans chaque siècle et dans chaque pays, mais dont l'influence de chaque jour donne à chacun le cachet propre du lieu et du temps où il est appelé à vivre. C'est enfin l'homme lui-même, qui réagit comme il peut contre les deux causes précédentes et parvient, sinon à les neutraliser entièrement, du moins à les modifier d'une manière profonde et continue, suivant les circonstances et l'efficacité de ses efforts individuels ; le résultat de ces trois causes prises ensemble ou séparément est ce qu'on nomme généralement l'éducation. C'est pourquoi l'on distingue communément trois éducations : la première qui est celle de la nature ou de Dieu, donnée par les choses mêmes ; la seconde, qui est celle du monde ou de la société, donnée par la collection de nos semblables avec qui nous vivons en communion civile et politique ; la troisième qui est celle de l'individu travaillant sur lui-même afin de se perfectionner. Ces trois causes produisent trois sortes d'effets distincts ou trois éducations séparées : celle du corps qui s'appelle *éducation physique*, celle de l'esprit, qui s'appelle *éducation intellectuelle*, et celle du cœur, qui s'appelle *éducation morale*.   LAROUSSE.

* *

La meilleure *règle de conduite* d'une mère pour l'éducation des enfants, d'après Mme Aubin, de Valenciennes, qui a remporté le prix du concours ouvert par l'Almanach Hachette :

1º Élever ses enfants chrétiennement et dans le respect absolu de leurs parents.

2º Ne jamais supporter, même dans la petite enfance, une réponse ou un geste impertinent.

3º Leur inspirer une entière confiance en leur mère, et pour cela leur dire toujours la vérité.

4º Ne pas leur faire subir le contre-coup de son humeur en se montrant tour à tour et sans raison tendre ou revêche.

5º Ne jamais critiquer devant eux la conduite de leur père, de leurs professeurs, etc. lors même qu'on la désapprouverait.

6º Les punir s'il y a lieu, mais sans montrer ni colère ni ressentiment.

7º Ne pas les gâter, mais se dévouer à eux si tendrement et si absolument qu'ils sentent que leur mère est et sera toujours leur meilleure amie.

*
* *

L'enfant n'est pas le maître à la maison. Ses parents doivent conserver toujours l'autorité et la direction.

De plus en plus ce principe fondamental de tout intérieur bien réglé est méconnu. Ni les parents ni l'enfant n'en sont plus heureux, bien au contraire,

Dès l'âge de quinze jours, l'enfant doit être réglé et dominé. Toute manifestation intempestive de volonté doit être, et dès ce moment, impitoyablement arrêtée, quels que soient ses cris, et plus tard ses prières.

De la justice d'abord, du sang-froid et de la fermeté, toute l'éducation est là, et aussi tout le bonheur, pour les uns et les autres, pendant les seize années au moins pendant lesquelles l'enfant demeure sous la direction étroite de ses ascendants.

La mère qui ne sait pas laisser **crier** son enfant sans lui obéir, sera toute sa vie une mauvaise mère, dont la faiblesse aura les pires conséquences.

*
* *

Ne soyez pas trop **sévère**, afin de rester le confident de votre enfant. Lorsqu'on est juste et sévère pour les fautes graves, on peut être indulgent envers les petites sans nuire à son autorité.

* *

Punir rarement, mais alors ferme et sans rémission. En un mot, **ne pardonner jamais**. C'est facile, lorsqu'on n'a puni que justement.

Une seule punition injuste, donnée hâtivement et sans réflexion, compromet toute une éducation, à la fois les résultats acquis, et l'avenir. Voilà à quoi l'on devrait penser lorsqu'on est malade, triste, énervé, éprouvé par un revers, impatient d'un événement. Autant de cas où l'on devra éloigner l'enfant, si l'on ne se sent pas sûr de ses propres nerfs.

* *

L'enfant s'habitue aux **corrections** et aux réprimandes quelles qu'elles soient, aussi est-il recommandé, d'abord de ne pas en abuser à tout moment et un peu à tort à travers, comme beaucoup de parents le font, ensuite de les varier le plus possible, privant l'enfant tantôt de dessert, tantôt de sortie ou de l'usage de tel ou tel jouet préféré, lui imposant un pensum, etc. Bien qu'il ne faille pas frapper un enfant, il est telle situation, en présence d'un entêtement incoercible ou d'une répartie insolente, où une gifle est indiquée; mais pour qu'elle ait toute sa portée, il est nécessaire qu'elle puisse être considérée comme une punition exceptionnelle. L'enfant ne doit pas être frappé par une étrangère, une subalterne. Vers dix ans, l'enfant ne doit plus être frappé.

L'enfant bien élevé, entouré de bons exemples, pourra être utilement réprimandé en faisant appel à sa droiture, à son cœur, à son affection pour ses parents que sa conduite afflige.

* *

Si un débat s'élève entre un enfant et la personne qui le dirige, il faut de toute nécessité que celle-ci ait le dernier, soit par l'autorité morale, soit par la correction ; si une seule fois elle a cédé par lassitude devant l'obstination de l'enfant, elle n'aura plus le dessus. Si c'est une mercenaire et si l'on s'en aperçoit, elle doit être changée.

*
* *

Après une forte réprimande, il est quelquefois sage de ne pas exiger de l'enfant, soit un acte de soumission absolue, tel que de demander pardon, soit l'exécution immédiate de ce qu'il a refusé de faire, car il peut s'obstiner dans son refus, et manifester un entêtement devant lequel on se trouverait désarmé. Il est préférable alors de laisser l'enfant réfléchir, de lui commander ultérieurement la même chose, et de le punir alors très sévèrement s'il persiste dans son mauvais vouloir.

Ne pas perdre de vue que la plupart des enfants ont un amour-propre exagéré qui les porte à ne pas céder, et une bonne nature, un grand sentiment de la justice, qui les engagent au contraire à obéir quand on leur donne le temps de la réflexion.

*
* *

Il n'est pas de bons avis sans **bons exemples**. Si un enfant vous paraît mal élevé, regardez les parents, et peut-être verrez-vous que ceux-ci sont les premiers à blâmer. L'enfant le plus raisonnable ne peut rien faire de bien dans un semblable voisinage, au contraire ; s'il était élevé dans un milieu honnête dans l'acception la plus stricte du mot, mondain de la bonne façon, uni, poli, de langage châtié, d'idées élevées, l'enfant sentirait de lui-même combien ses manières ou ses idées diffèrent, et il se corrigerait sans intervention étrangère.

*
* *

Rien de pire dans l'éducation, que **l'intervention de grands-parents** faibles et atteints d'une fausse sensiblerie, qui détruisent constamment les effets de la direction paternelle et maternelle. Si les parents, par intérêt ou par déférence, n'ont pas l'énergie suffisante pour débarrasser leur enfant des malheureux effets de cette faiblesse sénile, d'autant plus tenace qu'elle est irresponsable, il faut qu'ils coupent le danger dans sa racine, qu'ils éloignent leur enfant par un internat sévère, pendant lequel la grand-mère ou le grand-père n'auront droit qu'à de courtes visites.

* *

Pourquoi obliger les enfants à être ce qu'on appelle **sages**, c'est-à-dire tranquilles et passifs? Si les parents, dans leur égoïsme, ne s'attachaient pas à garder toujours leurs jeunes enfants à leurs côtés, même dans des visites et des diners, ils attacheraient moins d'importance à ce calme hors de nature. Trop souvent le jeune enfant qu'on dit bien élevé est celui qui reste toujours assis, sans agir, ce qui est tout à fait nuisible à son développement physique et intellectuel.

* *

Un enfant ne doit pas manger avec ses doigts, faire du bruit avec sa bouche en mangeant, boire beaucoup et surtout boire avant de manger son potage, parler à tout propos à table, jouer avec les divers objets placés à sa portée, il ne doit pas être servi avant les parents et les invités, choisir les meilleures morceaux et tripoter les autres, sucer son couteau et ses doigts, poser sa main grasse sur les vêtements de ses voisins.

Autant de recommandations qui semblent superflues, tant elles sont évidentes! Et cependant... regardez autour de vous!..

* *

Menacer un enfant qu'on veut punir, de ne pas lui mettre un vêtement neuf ou de lui donner du pain sec, c'est l'exciter à la vanité et à la gourmandise; s'il n'est pas enclin à ces défauts, c'est le porter à répondre : ça m'est égal. (Mme Louise d'Alcq.)

Ne pas souffrir que l'enfant, quel que soit son âge, **batte les domestiques** ou leur parle impoliment. Les subalternes ne peuvent se défendre eux-mêmes, souvent ils répugnent à se plaindre. On doit donc sévir énergiquement dès qu'on s'en aperçoit.

Ne jamais souffrir chez un enfant un acte de cruauté même envers les petits animaux, ni un acte d'indélicatesse ou de commerce trop adroit, comme il arrive souvent dans les pensions, ni une délation, ni une lourde critique d'un maître ou d'un camarade. Ce sont de mauvaises semences pour l'avenir, il faut les arracher au plus vite.

Le jeune enfant est souvent porté à **grimacer**, à contracter des **tics**; il faut vite faire la chasse à ces mauvaises habitudes, qui à la longue déformeraient les traits du visage. Si un tic persiste longtemps, malgré la bonne volonté que l'enfant met à s'en défaire, c'est alors une maladie, qui se soigne à la façon de toutes les affections nerveuses.

Ne faites pas **peur** à un enfant, par des histoires de revenant, de loup-garou, de croquemitaine, etc, vous risqueriez de le rendre pusillanime pour toute sa vie. S'il s'agit d'un garçon, excitez au contraire son courage et sa confiance en ses propres forces, toutes les fois que vous en trouverez l'occasion.

La **gymnastique**, avant l'heure des repas, est un excellent exercice pour les enfants, mais tous n'y ont pas la même aptitude physique; il faut donc étudier la force de chacun avant de fixer la nature de ces exercices, sans quoi l'ardeur de l'élève l'entraîne à un surmenage et à des efforts dangereux; dans le doute et même en général, il vaudrait mieux se restreindre à la course, au saut, et aux exercices d'assouplissement; il est vrai que ceux-ci sont sans intérêt.

**

Un exercice excellent pour les jeunes filles c'est le **saut à la corde**, on doit les y encourager; si leur taille fléchit en avant, imposer le saut de la corde en arrière, qui développe la poitrine, les poumons, et redresse les déviations.

On peut partager cet exercice en plusieurs séries de cent tours, ce qui n'a rien d'excessif.

**

Le **travail hâtif** imposé à l'enfant qui grandit encore, est une des plaies de notre état social actuel, et malheureusement elle tend à se propager. Il faut que les forces de l'enfant soient ménagées pendant toute la période de sa croissance, afin qu'il puisse, plus tard atteindre son entier développement physique et intellectuel. L'enfant surmené devient vite une non-valeur, et par suite une charge pour ses parents et pour la société. La plupart des pays ont réglementé le travail des enfants, pour remédier à ce mal dans la mesure du possible.

**

Ne hâtez pas les premiers efforts de l'enfant vers l'étude, la science ou les beaux-arts. La **précocité** est funeste, même au génie. Surtout, n'ôtez pas à l'enfant l'ornement si aimable de l'ingénuité : laissez l'enfant dans son âge de candeur le plus longtemps possible. Faites que cette candeur soit aimable, et empêchez surtout qu'elle ne soit affectée.

**

Le jeune enfant ne doit pas **travailler seul**. Sa raison et ses facultés d'application ne sont pas suffisantes pour lui permettre un travail profitable s'il n'est pas surveillé très étroitement; alors il musarde, pense à autre chose, attend la fin de la leçon avec impatience, perd son temps sans profit ni pour l'instruction ni pour lui-même. Une demi-heure de travail bien dirigé vaut beaucoup plus que deux heures d'étude dans de mauvaises conditions.

* *

L'enfant doit apprendre à lire de très bonne heure, à quatre ou cinq ans, car c'est un travail ingrat qui réclame une grande souplesse et beaucoup de bonne volonté.

Avant de commencer les leçons de lecture, il est bon de piquer la curiosité de l'enfant avec des livres à images et de petites histoires qu'on lui raconte, en lui disant qu'il pourrait fort bien, avec un peu de peine, les lire lui-même.

Que les premiers **livres** de l'enfant soient surchargés d'images, en couleur si possible, afin de rendre attrayante et parlante aux yeux cette étude si aride et devant laquelle il est à craindre que l'élève ne se rebute, gardant pour toute sa vie l'impression du travail fatigant et sans intérêt.

Si l'on ne se sent pas la patience nécessaire — et il en faut énormément — il vaut mieux ne pas commencer soi-même l'instruction, car l'élève se rebuterait vite et ne ferait plus rien. L'enfant sort de l'ignorance absolue, il ne faut pas l'oublier; en outre il est léger, distrait, rarement travailleur avec toute l'acception que nous donnons à ce terme, on ne doit donc pas lui reprocher de ne rien savoir ou de ne pas faire de progrès rapides, mais au contraire récompenser par des éloges ou de petits cadeaux les plus petits progrès acquis et la bonne volonté.

* *

L'enfant qui travaille doit être assis de telle façon qu'il voie son papier en penchant légèrement la tête, le corps restant droit, sans flexion à la ceinture. Il existe des tables articulées fort utiles pour obtenir cette attitude régulière. Rien de plus contraire à la santé et à la vue que les tables d'études, telles qu'on en voit encore dans la plupart des lycées, aussi hautes pour les débutants des classes de grammaire que pour les rhétoriciens. Il faut aussi éviter que l'élève ne porte le poids du corps sur une seule jambe.

* *

La meilleure méthode **d'arithmétique** simple à l'usage de la première jeunesse consiste à compter avec des objets usuels tels que billes, haricots, etc. Le boullier compteur avec ses dix rangées de billes sera un peu plus tard un excellent moyen d'exercice pour les calculs du système décimal.

* *

Mettre le plus tôt possible l'enfant à la solution de petits problèmes; mais les donner toujours faciles relativement à son degré d'instruction, afin qu'il puisse résoudre sans se heurter à des difficultés trop grandes ou à de trop longues opérations; il trouvera dès lors plaisir à ces recherches, et quand les bases de l'instruction seront ainsi solidement acquises, il abordera beaucoup plus sûrement, à quatorze ou quinze ans, les problèmes difficiles.

Autant que possible, que ces problèmes aient une application vraisemblable et pratique.

* *

S'il s'agit d'un jeune garçon la mère — ce qui arrive trop rarement aujourd'hui — doit s'appliquer à développer son esprit d'initiative, de décision, son activité physique et morale, ne pas souffrir chez lui la paresse, l'abus du lit, l'inexactitude, elle ne l'arrêtera jamais dans un acte de bravoure ou de témérité ne compromettant pas sa santé d'une façon immédiate; en un mot, le garçon doit songer plutôt à se défendre qu'à éviter le danger; il est certains petits périls, certains ennuis qui, à cet âge, forment le caractère, et c'est pourquoi l'éducation en commun a des avantages si appréciés.

* *

Le **collège** apprend à l'enfant bien des bonnes choses : le travail d'abord, car dans la famille, la mère qui ne craint rien tant que de fatiguer son enfant, relâche aisément, interrompt et suspend le travail; l'émulation, car au collège tout est rivalité, et celui qui n'est pas premier en vers latins veut être premier dans les jeux; la règle, car au sein de la famille, la discipline la plus sévère est toujours complaisante; la justice, car dans la famille, la faveur se mêle à la justice la plus rigoureuse; la loyauté, car au collège on ne déteste rien tant que la délation et l'hypocrisie; le courage, car au collège il faut se défendre soi-même et l'on ne saurait sans honte appeler le maître à son secours; l'amitié enfin, car c'est au collège que se nouent les plus fortes amitiés, et les plus utiles.

Voilà pourquoi l'éducation du collège est, pour les garçons, tout au moins, préférable à l'éducation dans la famille.

* *

Vers l'âge de sept ans, le **rôle éducateur de la mère** est fini, il doit cesser absolument de s'exercer, et la direction revient au père, sans aucune entrave, restriction ou correctif. La modification si regrettable de l'esprit français, autrefois courageux, entreprenant, hardi, primesautier, doit être attribuée à l'influence féminine continuée au delà de la première enfance.

* *

Une excellente mesure de prévoyance consiste à prendre une assurance, sur la tête de l'enfant, dès sa naissance, Si l'on ne possède pas de capital, on peut, moyennant un léger sacrifice annuel, assurer à l'enfant une dot suffisante pour s'établir ou se marier; si l'on est riche ce sacrifice ne coûte presque rien, et la précaution est toujours bonne car on ne peut prévoir l'avenir, et en vingt ans il se produit bien des catastrophes, même dans des familles prudentes et dont la fortune semble bien établie.

Les compagnies d'assurances ont prévu dans leurs règlements les divers cas qui intéressent l'enfant.

Le payement du capital peut être subordonné à l'existence de l'enfant au terme fixé. C'est ce qu'on appelle l'assurance en cas de vie.

Pour créer dans ces conditions, au profit d'un enfant d'un an, un capital de 100,000 fr. qui lui sera versé au jour de ses 25 ans, il suffirait de payer 2590 fr. tous les ans pendant 24 ans, soit en tout 62,160 fr. Il est vrai que, si l'enfant venait à mourir avant d'avoir atteint sa majorité, les primes versées resteraient acquises à la Compagnie, qui serait libérée de toute obligation. Mais il est facile de parer à cet inconvénient : moyennant une légère augmentation de la prime, la compagnie prendra l'engagement de rembourser, en cas de décès de l'enfant avant le terme fixé, l'intégralité de ce qu'elle aura reçu; la prime annuelle serait alors de 2,770 fr.

Le capital peut aussi être stipulé payable même si l'enfant décédait avant l'époque fixée, le père voulant alors en profiter lui-même ou en faire profiter une autre personne. Le taux de la prime dépend, dans ce cas, de la durée de l'assurance et de l'âge du père, dont la mort ne rendrait pas le capital immédiatement exigible, mais ferait cesser le payement des primes annuelles.

LE VÊTEMENT.

Lorsqu'on veut faire sa **layette**, se méfier des listes fournies par les magasins spéciaux ou les rayons

5

spéciaux des grands magasins de nouveautés ; elles sont à la fois trop abondantes et incomplètes ; ainsi on n'a généralement pas assez de couches, et on achète beaucoup de pièces superflues, sinon tout à fait inutiles.

En tenant compte des indispositions, des retards de blanchissage, douze douzaines de couches ne sont pas du superflu,

Chemises, brassières, bavettes, bonnets doivent au contraire n'être achetés que par petites quantités ; l'enfant grandit vite, et on ne les use jamais ; quatre ou cinq sont bien suffisants pour chaque type de vêtement.

La layette la plus simple est celle-ci dont le coût n'atteint pas treize francs.

3 chemises de toile ; — 3 brassières de couleur ; — 3 béguins de toile ; — 3 bonnets de couleur ; — 2 couches de toile ; — 2 langes gris en laine ; — 1 pelisse en tartan bleu et blanc.

Composition d'une belle layette, avec les prix, empruntée à un de nos grands magasins de nouveautés.

DEVIS D'UNE LAYETTE DE 500 FRANCS.

12 Chemises en batiste	27 »
6 Chemises en batiste, festonnées	16 50
6 Brassières en flanelle	10 50
6 Brassières en piqué, festonnées	19 50
3 Brassières garnies de broderie	11 25
3 Brassières garnies d'entre-deux	17 25
3 Ceintures de toile	3 75
3 Ceintures de flanelle	5 70
6 Béguins en toile, festonnés	7 50
3 Bonnets piqué	5 30
2 Bonnets de linge	5 30
1 Bonnet à ruban	6 90
3 Fichus festonnés	4 50
3 Fichus garnis de dentelle	6 75
6 Bavoirs festonnés	8 40
3 Bavoirs garnis de broderie	7 20
1 Bavoir garni de dentelle	5 75

36 Couches en toile ouvrée	55	80
6 Langes de laine	27	»
2 Langes en piqué	7	»
1 Couvre-lange	9	50
2 Robes longues en pékin	23	»
1 Robe longue piqué	15	50
1 Robe longue en nansouck	17	50
1 Robe de baptême	39	»
1 Pelisse brodée de soie	76	»
1 Capote assortie	18	50
1 Voile	5	25
2 Draps unis, en toile	7	50
2 Draps festonnés	9	50
4 Taies festonnées	19	»
2 Paires de bottes tricotées	3	50

Les pièces de layettes sont soumises à la mode, comme les toilettes de dames ou d'enfants, il est donc inutile d'indiquer des patrons qui ne pourraient servir longtemps. La robe-blouse vague, sans corsage, est la plus généralement employée maintenant; le contour des épaules, la longueur des manches et la hauteur totale suffisent comme indications pour confectionner ce modèle.

Les meilleures **couches** sont faites de vieux linges; si on les prend neuves, on agira sagement en les faisant servir de serviettes de ménage auparavant, afin que, plusieurs fois blanchies avant de servir à l'enfant, elles soient adoucies et assouplies.

*
* *

Autant que possible, se dispenser de l'**emmaillotement**; tout au moins, ne pas le prolonger, dans le jour, au delà du troisième mois.

Sous prétexte de vêtir les enfants on forme trop souvent une espèce de camisole de force très nuisible, parce qu'elle entrave les bras et les jambes, qui ont cependant besoin de liberté, afin de se mouvoir pour se développer et ne pas s'engourdir. Un autre inconvénient plus grave encore, c'est la compression du corps, qu'on évite d'autant moins qu'on croit devoir serrer surtout cette partie afin de la garantir du froid. On gêne ainsi la respiration, fonction des plus importantes, dont l'enfant commence à faire l'apprentissage, et qui a besoin du libre exercice de ses organes. C'est cette gêne qui souvent trouble le sommeil des pauvres captifs, les incite à crier et répand sur leur visage un coloris violet. Au lieu d'envelopper les enfants comme des momies d'Egypte, il faut employer les langes en les maintenant seulement autour du corps sans serrer.

*
* *

Laisser à l'enfant qui vient de naître les jambes libres, est dangereux, car il se mouille continuellement et prend froid ; en tous cas cette pratique nécessite une surveillance continue et intelligente qu'on peut difficilement demander à nos nourrices, moins développées en général que les nourrices anglaises ; il est préférable de s'en tenir au maillot perfectionné qui ne gêne ni ne comprime le corps, mais qui enveloppe par une couche de toile, et un lange de coton ou de laine, la partie inférieure du corps.

*
* *

Les **brassières** gênent la poitrine, l'aplatissent et déforment les épaules en les remontant.

*
* *

Vêtement du premier âge, d'après la commission de la *Société française d'hygiène* :

1e Une bande circulaire en toile ou en flanelle maintenant une compresse de toile pliée en plusieurs doubles et appliquée sur le nombril qui, jusqu'à l'époque de sa chute sera pansé avec le plus grand soin. Le cordon sera incliné du côté gauche.

2º Une chemise de toile, à col, à coulisse, ne dépassant pas le bas du ventre, et à manches descendant jusqu'aux poignets.

3º Une couche, pièce de toile ou de coton carrée ou triangulaire qui enveloppera les reins, le bas du corps ainsi que les jambes qui seront soigneusement isolées. Si la couche est triangulaire, la troisième pointe, relevée entre les jambes, sera rattachée en avant avec les deux autres, au moyen d'une épingle anglaise.

4º Deux petites brassières en laine s'attachant par derrière, et dont les manches couvriront les mains.

5º Un lange de laine, de forme carrée. Il enveloppera l'enfant en le prenant sous les bras sans aller jusqu'aux aisselles, celles-ci restent en dehors. Il sera suffisamment serré pour que l'enfant puisse être saisi et maintenu, mais pas assez pour apporter la moindre gêne à sa respiration. Il sera replié sur les jambes et attaché par derrière, mais il ne mettra aucun obstacle au libre mouvement des jambes de l'enfant.

6º Sur la tête un simple bonnet de toile.

Tel est, dans son ensemble, le vêtement de l'enfant jusqu'à deux mois.

Vers cette époque on lui fera subir les modifications suivantes :

1º La chemise sera plus longue.

2º L'enfant portera des bas de laine montant jusqu'aux genoux, aux pieds des chaussons de laine tricotés.

3º La couche prendra la forme triangulaire du fichu, et la pointe sera relevée entre les jambes et fixée sur le ventre :

4º Un petit caleçon en coton ou en laine de même forme que la couche sera appliqué de la même manière. Il sera ajusté avec quelques boutons et prendra ainsi la forme d'un petit pantalon très large.

5º On se servira des mêmes brassières, mais on ajoutera un jupon de laine prenant à la taille et tombant jusqu'aux pieds.

5° Enfin, par-dessus tout, une robe longue à corps et à manches larges.

*
* *

On ne doit employer dans l'habillement du jeune enfant, que des **épingles** anglaises à pointe cachée.

Quand un enfant **crie** sans discontinuer et sans cause apparente, il faut le déshabiller complètement et le rhabiller ; presque toujours sa souffrance provient d'un vêtement mal placé ou d'une épingle qui pique.

*
* *

En mettant un **bonnet** ou un béguin à un enfant, faire attention à ce qu'il ne décolle pas les oreilles, ou à ce qu'il ne les presse pas trop en les déformant ; ce sont des inconvénients très fréquents et qu'on néglige trop souvent, l'oreille d'un jeune enfant est très malléable, et elle s'abîme facilement.

*
* *

Que le vêtement de l'enfant quelque chaud qu'il soit, reste souple et léger ; il faut plaindre les bébés surchargés de raides étoffes dans lesquelles ils ne peuvent faire un mouvement sans fatigue.

*
* *

Les vêtements seront toujours tenus larges et aisés ; surtout à la saignée, à la ceinture, aux entournures, aux jarrets, il faut éviter toute compression propre à empêcher la circulation du sang et le développement ; il faut songer aussi que l'enfant ayant l'habitude de courir, la poitrine prend à tout instant une place plus considérable qu'à l'état de repos, et il importe que le vêtement trop ajusté n'apporte jamais de gêne dans cette extension.

En confectionnant un habillement, il importe de songer que l'enfant grandit vite ; aussi aura-t-on le soin de laisser de l'étoffe aux ourlets et aux coutures.

*
* *

La sensibilité au froid varie de façon appréciable à mesure que l'on avance dans la vie ; les enfants constitués de manière robuste et saine souffrent peu du froid grâce à leur parfaite respiration, et au mouvement continuel qu'ils se donnent ; il est donc tout naturel de ne pas les surcharger de vêtements pendant l'hiver comme on le ferait pour des vieillards ; mais un préjugé regrettable consiste à les vêtir insuffisamment sous le fallacieux prétexte de les endurcir aux rigueurs de la température. On oublie que les enfants jouent, s'agitent, et élèvent par conséquent la température de leur corps, puis sitôt que ce jeu cesse, la chaleur diminue, le froid les saisit et les accidents de santé surviennent : toux, coqueluche, angine, fluxion de poitrine et pour plus tard les rhumatismes. En n'exposant pas les bras, les jambes, la tête des enfants à l'air froid et humide de l'hiver, on évite toutes ces maladies. Il faut ajouter qu'il n'est pas moins nuisible de les couvrir avec excès, surtout au cou, par excès de précaution. Une mère éclairée doit sur ce point savoir garder une juste mesure.

*
* *

Le **tricot** de laine est avantageux pour le costume, parce qu'il est à la fois souple et chaud, plus que le piqué ; mais il ne faut pas le mettre sur la peau, qui serait irritée et même écorchée par ce contact direct.

*
* *

On ne doit mettre de **flanelle** qu'aux enfants malingres ; l'usage de la flanelle est pour les autres une cause d'affaiblissement, il les rend très sensibles au froid, sujets aux rhumatismes, par l'humidité qu'elle entretient sur la peau, et l'été, aux éruptions cutanées.

Un enfant transpire beaucoup plus qu'un adulte ; par suite il salit son **linge** plus vite, et on doit le lui changer bien plus souvent.

L'Hygiène. Les maladies

Une mère prudente doit noter avec soin sur un **carnet** les accidents de grossesse, l'âge de l'enfant, les circonstances médicales, s'il y en a, qui ont accompagné la naissance, le genre de nourriture au sein ou au biberon, la date et les accidents du sevrage, de la dentition, de la vaccine, les diverses maladies survenues, le caractère, et la santé générale. On devra aussi tenir compte du tempérament connu des père et mère, et des maladies chroniques dont eux ou leurs ascendants auraient pu être atteints.

Non seulement ces renseignements seront presque indispensables pour qu'un médecin appelé auprès de l'enfant puisse se reconnaître dans les symptômes parfois indécis qui se manifesteront, mais pendant toute sa vie la personne munie de son carnet d'enfance sur lequel seront inscrits successivement tout les accidents morbides qui pourraient survenir, aura une source d'indications extrêmement précieuse pour tous les médecins auxquels elle pourra avoir à s'adresser, et elle sera sauvée de bien des erreurs fatales, de bien des tâtonnements dangereux.

*
* *

Il est très difficile de déterminer dès les premiers **symptômes** les maladies de l'enfance, car toutes commencent de même, par le mal de tête, les coliques, la fièvre, la perte d'appétit, de sommeil, de gaîté.

*
* *

Ce n'est pas toujours parce qu'il a mal, que l'enfant **crie**; c'est chez lui un besoin, et il n'est pas mauvais de le laisser crier, modérément, s'entend. L'en empêcher toujours, c'est, d'une part le gâter, puisqu'on s'ingénie à satisfaire ses fantaisies avant même qu'il les ait exprimées; de l'autre, c'est vouloir qu'il ait la poitrine faible, et qu'il devienne sujet aux maladies qui ont pour siège les poumons et les bronches. En tous cas le laisser crier vaut encore mieux que lui donner à manger en dehors des heures fixées, de le sortir du lit et de le promener au risque d'un refroidissement, de lui donner des lavements pour calmer des coliques sans importance, ou d'appeler le médecin, qui n'y peut rien et prescrit tout de même quelque chose, pour n'avoir pas à blâmer la mère de son ignorance et de sa faiblesse.

Les enfants dont on s'occupe ainsi sont ceux qui crient le plus souvent et sans savoir pourquoi. Cependant il faut s'inquiéter lorsque ces cris sont violents et continus, lorsqu'ils reviennent périodiquement, lorsque l'enfant remonte ses jambes avec force et brusquerie, enfin lorsqu'ils affectent une forme rauque à laquelle l'oreille d'une mère ne se trompe pas.

*
* *

Lorsqu'on voit l'enfant, à plusieurs reprises, se plaindre et crier sans verser de larmes, on peut croire qu'il est menacé d'une affection sérieuse sinon grave.

*
* *

L'enfant indisposé, fiévreux, et comme l'on dit, *mal en train*, doit être immédiatement couché, c'est le seul moyen d'éviter les refroidissements qui sont toujours pour lui l'éventualité la plus à craindre.

*
* *

Les enfants ont souvent la **fièvre**, et on ne doit pas trop s'en inquiéter tout d'abord, tout en surveillant l'enfant et en lui tenant les pieds très chauds, même à l'aide de ouate, pour empêcher le sang de se porter à la tête. Une infusion de petite centaurée est la meilleure tisane contre cette fièvre encore mal définie et qui probablement est sans conséquence. Si la fièvre persiste, et surtout si la température prise sous l'aisselle dépasse 37°, appeler le médecin.

Pour **tâter le pouls**, on pose l'index ou l'index et le médius sous le pouce de l'enfant, à l'endroit ou le poignet se joint à la main, du côté de la paume. Pendant les premières années, la fréquence normale du pouls est variable; celui de l'enfant qui vient de naître bat 130 pulsations à la minute, 100 à 110 pulsations à un an, 100 à deux ans, 90 jusqu'à six ou sept ans, puis 80 un peu plus tard, et la fréquence diminue ainsi pour se rapprocher de celle de l'adulte qui ne dépasse guère 70.

La respiration est aussi beaucoup plus active, elle se fait environ 35 fois à la minute chez le jeune enfant, et seulement 20 fois chez l'adulte.

Contre la **fièvre**.
Lavement pour enfant d'un an, d'après le Dr Périer.

> Sulfate de quinine 10 centigr.
> Eau de Rabel Q. S.
> Laudanum une goutte.
> Eau distillée 30 gr.

Augmenter la dose de quinine de cinq centigrammes par an.

L'enfant étant habitué à boire dans un verre ou dans une timbale, se méfie lorsqu'on le fait boire à la cuillère, et devine qu'il s'agit d'un médicament. Il est donc préférable de lui présenter la potion de la façon à laquelle il est habitué, c'est-à-dire au verre.

Pour faire **avaler de force** un médicament à un enfant qui s'y refuse et ferme obstinément les lèvres, le tenir étendu dans le bras, lui serrer le nez pour le forcer à
ouvrir la bouche; à ce moment on introduit entre les dents
la cuillère pleine de la potion, en ayant soin d'appuyer
légèrement sur la langue afin de l'abaisser, et on verse,
sans lâcher le nez. Pour respirer l'enfant avale. L'opération quand on a pris le tour de main, est très simple et
infaillible, on ne doit pas renverser une goutte.

Surtout, qu'on ne donne jamais aucun médicament, aucune potion ni tisane, pour **faire dormir** un enfant, en dehors de l'avis du médecin. Cette prescription est très
importante, car c'est de cette façon qu'on ruine les santés,
et là est un des grands dangers des soins mercenaires, les
nourrices et bonnes d'enfant employant ce moyen pour
être tranquilles.

Peu de **sucre** aux enfants, surtout pas de sucre pur,
soit sous la forme du vulgaire morceau cristallisé, soit
sous la forme de bonbon, dragée, etc., rien n'est plus nuisible.

Dès l'âge de deux ou trois semaines, l'enfant doit **sortir**
tous les jours, par tous les temps.
L'habitude du grand air lui permettra de supporter des
températures même rigoureuses. S'il pleut, on abrégera la
promenade.

On étouffe les enfants dans les villes, dit Rousseau,
à force de les tenir enfermés et vêtus, ceux qui les gou-
vernent en sont encore à savoir que l'air froid, loin de

leur faire du mal, les renforce, et que l'air chaud les affaiblit, leur donne la fièvre et les tue.

* *

Eviter, quelle que soit la saison, de laisser l'enfant dehors au moment où le soleil se couche, car il se produit à
ce moment un changement brusque de température qui
peut être fort dangereux pour son organisme délicat.

* *

Il est préférable pour l'enfant d'aller dehors la **tête nue**,
aussitôt qu'il a le crâne suffisamment garni de cheveux.
Cependant ne pas laisser sortir un jeune enfant, la tête
et le cou exposés au soleil, en plein été.

* *

L'amaigrissement est toujours un symptôme inquié-
tant, parce qu'il peut annoncer le début d'un accident cé-
rébral. Les causes moins graves peuvent être la dentition,
les vers, et souvent aussi la jalousie, très développée chez
certains jeunes enfants qui ne savent pas exprimer les in-
quiétudes que leur causent un autre enfant ou même un
animal familier.

* *

Quand l'enfant n'a pas faim, ne jamais le **forcer à manger** ni par des menaces ni par l'appât de friandises. Cette
prescription est absolue.

* *

Symptômes :
Fièvre, toux rauque, irritation de la gorge, larmoiement
des yeux, éternuements fréquents, vomissements : *rougeole;* l'incubation dure de trois à cinq jours.
Fièvre, mal à la gorge et à la tête, délire, agitation et
même convulsions : *Scarlatine;* incubation un à deux jours.
Fièvre, maux de tête, douleurs dans le dos et les reins,

transpiration abondante, nausées : *variole;* incubation, trois à quatre jours.

Fièvre, toux, oppression, abattement : *bronchite,*

Tristesse, manque d'appétit, vomissements persistants : *affection cérébrale.*

Sommeil agité entrecoupé de mots sans suite, sommeil profond, membres grêles, constipations, caractère silencieux ou au contraire très vif avec un développement précoce d'intelligence, démarche vacillante avec chutes fréquentes : *méningite.*

Frissons, malaise, lassitude, sommeil inquiet et agité, face bouffie, yeux rouges, rhume de cerveau, suivi de toux par quintes : *coqueluche.*

Rougeurs sur les cuisses et les fesses, puis deux ou trois jours après, diarrhée, fièvre, figure pâlie, jaunâtre et terne : *muguet.*

Défaut d'appétit ou au contraire excès, hoquets, salivations fréquentes, renvois de gaz odorants et aigres, haleine fétide, coliques, diarrhée, teint plombé, yeux ternes et cernés, démangeaisons autour du nez, bourdonnements d'oreilles, toux sèche, grincement de dents la nuit, amaigrissement et tremblement : *vers.*

Corps grêle, maigre malgré un grand appétit, dentition tardive, muscles flasques, peau blanche et transparente, tête relativement grosse, front bombé, machoire inférieure large, lèvre supérieure épaisse : *scrofule.*

*
* *

Période de danger de contamination des maladies contagieuses, d'après l'Académie de médecine :

Scarlatine, 40 jours à partir de la manifestation de la maladie.

Rougeole	20 jours
Croup ou diphtérie	40 jours
Oreillons	22 jours
Varicelle	25 jours
Coqueluche	5 à 10 jours.

Contre les **vomissements de lait** :

Dix gouttes d'eau de chaux, dans une cuillerée d'eau, à prendre avant de teter, ou encore une cuillerée à bouche d'eau de Vichy dans un quart de verre d'eau à prendre en plusieurs fois devant et après la tetée.

Ces vomissements n'ont aucune importance si l'enfant rejette du lait caillé, indiquant un bon travail de digestion; si le lait est clair et intact, l'estomac fonctionne mal, il faut s'en inquiéter.

Les **croûtes** dites de **lait** ne sont pas un phénomène naturel, elles proviennent du mauvais sang de la nourrice ou d'une nourriture trop échauffante donnée à celle-ci, qui devra dans ce cas s'abstenir de café, sauces brunes et épicées, de café, liqueurs, etc. Les croûtes devront être lavées avec de l'eau sans sel dans laquelle on aura fait cuire de la fraise de veau, cette eau employée très chaude pendant une demi-heure matin et soir suffira pour faire passer le croûtes. On administrera en outre, à l'intérieur, la tisane ci-après :

Infusion de feuilles de pensée ou jacée dans du lait à la dose d'une poignée par tasse. Faire boire deux fois par jour pendant quinze jours.

L'ophthalmie des nouveau-nés est une affection redoutable, qui nécessite sans retard des cautérisations et un traitement indiqué par un médecin; les seules indications générales sont les lotions émollientes, les sangsues à la tempe, plus tard un vésicatoire au cou, enfin des purgations légères.

Contre la **gourme** :
Laver la partie atteinte avec une éponge fine et de l'eau

boriquée, saupoudrer les croûtes avec de la fécule ou de l'amidon pur ; empêcher l'enfant de se gratter ; administrer à l'intérieur, sur l'indication d'un médecin, un sirop dépuratif.

La gourme vient souvent sur une tête mal lavée, mal soignée, et c'est bien à tort qu'on la considère comme un indice de santé, en tous cas, il ne faut pas la laisser s'implanter d'une façon chronique, Si l'on a affaire à un tempérament lymphatique qui favorise cette éruption, donner de l'huile de foie de morue et du sirop de raifort iodé ; si l'enfant est très jeune, on ne devra pas employer ces remèdes sans consulter un médecin.

*
* *

L'apparition de la **diarrhée** est toujours un symptôme grave, et il ne faut pas dire, comme on le fait trop souvent, qu'une petite diarrhée purge l'enfant et par suite est salutaire ; une diarrhée devient rapidement mortelle, surtout pendant les chaleurs.

Tant que la diarrhée ne dépasse pas trois ou quatre selles par jour, que ces selles ne sont ni vertes, ni absolument aqueuses, l'enfant conservant d'ailleurs gaîté et appétit, on peut se contenter de la combattre pendant cinq ou six jours par de l'eau de riz ou de gruau, en évitant les refroidissements du ventre et des pieds, l'usage des fruits, des légumes, des farineux. Mais si la diarrhée persiste, si l'enfant souffre, pâlit, s'affaiblit, a de la fièvre, surtout si les évacuations deviennent vertes, il faut vite appeler le médecin.

Lorsque l'enfant est déjà chétif, faible, il faut soigner sérieusement toute diarrhée, même légère.

*
* *

Les selles moitié jaunes et blanches, devenant vertes peu après leur exposition à l'air, dénotent une indigestion ; si elles ressemblent à de la terre glaise délayée dans l'eau, c'est d'une diarrhée catarrhale qu'il s'agit ; mêlées de bile et de glaires, de couleur verte, elles signalent l'inflammation, enfin décolorées, mêlées de bile, très fréquentes et liquides, elles indiquent l'apparition du choléra infantile, très redoutable.

Les remèdes sont d'abord : une pincée de bismuth dans de l'eau sucrée, trois ou quatre fois par jour ; un lavement d'amidon cuit matin et soir. Frictions chaudes sur le ventre avec de l'huile de camomille camphrée, tenir l'enfant au chaud, surtout les pieds ; comme nourriture, rien que du lait et du bon lait.

Si la maladie persiste et s'accentue, donner d'heure en heure la potion :

Laudanum.........................	1 goutte.
Sous-nitrate de bismuth...............	4 gr.
Sirop de coings.....................	30 gr.
Eau de gomme.....................	120 gr.

Par cuillerée à café avant un an, à entremets après un an, à soupe après deux ans.

Le bouillon gras ne convient pas aux enfants qui ont la diarrhée.

Contre la diarrhée simple, à son début, lait et sirop de gomme, ou deux cuillerées à café de gomme arabique pulvérisée dans un quart de litre de lait.

Contre la diarrhée verte ou cholériforme :
Eau de chaux, ou eau de Vichy, ou acide lactique ; faire boire peu à la fois et souvent.

Contre les **coliques** :
Eviter d'abord les brusques changements de température, l'impression du froid au moment où l'on change les couches ; le ventre ne devrait jamais rester nu même quelques secondes, c'est affaire d'attention et de tour de main ; les-

coliques sont dues encore aux digestions incomplètes, ou à des vêtements trop serrés qui pèsent sur l'intestin.

Si le ventre est dur et gros, y poser un cataplasme de farine de lin arrosé d'huile de camomille camphrée.

Contre les **vents** accompagnés de coliques :

Espacer les tetées, la nourriture est trop forte et se digère mal. Frictions sur le ventre avec de l'huile anisée, tenir le ventre chaud, donner une demi-cuillerée à café de magnésie dans 15 grammes d'eau.

Si les coliques sont fortes, une cuillerée à café de sirop de laitue, un suppositoire au beurre de cacao, auquel on aura ajouté 5 milligrammes d'extrait thébaïque.

Lorsque les coliques ne cessent pas, on peut administrer en lavement trois cuillerées d'eau d'amidon avec une goutte de laudanum.

* * *

Les enfants naturellement **constipés** sont, en général, vifs, ardents, frais, gais et bien portants, tandis que ceux qui sont prédisposés à la diarrhée sont, au contraire, faibles, pâles, maladifs et languissants. C'est une preuve de plus que la croyance attribuant à la diarrhée une influence favorable à la dentition est un préjugé.

* * *

Contre la constipation et les coliques qui en résultent :
Eau miellée, quelques cuillerées.

Sirop de chicorée et huile d'amandes douces, mélangés par moitié.

* * *

L'huile de ricin est le **purgatif** énergique indiqué pour les enfants, le calomel étant avec la manne, le purgatif bénin. Mais le difficile est de faire absorber cette huile devant laquelle les adultes reculent eux-mêmes. On pourrait essayer de la battre avec moitié de jus d'orange. Voici une émulsion plus compliquée, mais qui masque complètement aspect et goût répugnants :

6

Sirop d'orgeat...................... 30 gr.
Sirop de gomme.................... 30 gr.

Battre pour bien mêler, puis ajouter en agitant toujours :

Huile de ricin..................... 30 gr.

Ajouter successivement, en continuant à agiter pendant l'opération :

Eau de menthe..................... 10 gr.
Eau distillée....................... 50 gr.

*
* *

Il n'est pas facile de purger un enfant, et il faut varier les médicaments pour qu'il les prenne.

Voici quelques doses :

Sel de magnésie, une demi-cuillerée à café jusqu'à deux ans, une cuillerée entière ensuite, et deux à cinq ans; si l'eau est sucrée, l'action est plus sûre et plus complète.

Une cuillerée à café d'huile d'amandes douces et une de sirop de chicorée, mélangées.

Une cuillerée à café d'huile de ricin à un an, deux à deux ans.

Une cuillerée à café de poudre de Vichy.

Vingt-cinq à cinquante centigrammes de calomel dans un peu d'eau sucrée, éviter après les aliments salés et les acides.

Une cuillerée à dessert de manne, jusqu'à un an, une cuillerée à soupe à deux ans.

Vingt centigrammes de scamonée.

A deux ans, 4 grammes de séné dans de l'eau bouillante, qu'on sucre légèrement.

Un verre à madère d'eau de Carabana.

Sirop de fleurs de pêcher, sirop de roses pâles, 20 à 50 gr. par jour.

La potion suivante est sans saveur par conséquent l'enfant la prend facilement :

Scamonée..................... 5 à 10 centigr.
Lait........................... 30 gr.
Sucre......................... 5 gr.

ou bien :

Eau bouillante	200 gr.
Manne en larmes	30 gr.
Follicules de séné	4 gr.
Café en poudre	10 gr.

A prendre dans la journée.

Contre les **convulsions** — Premiers soins.

Administrer un vomitif (ipéca), un lavement huilé ou salé avec une cuillerée à café de sel de cuisine.

Attirer le sang aux jambes en les entourant de ouate ou même avec des sinapismes Rigollot. On peut à la rigueur, mettre l'enfant dans un bain sinapisé, à moins qu'on ne voie de la toux.

Si l'on peut la faire préparer, la potion suivante est recommandable :

Eau de tilleul	100 gr.
Bromure de potassium	1 gr.
Sirop d'éther	15 gr.
Sirop de fleurs d'oranger	15 gr.

A la dose de : Une cuillerée à café jusqu'à un an, une cuillerée à entremets jusqu'à deux ans, tous les quarts d'heure.

Déshabiller l'enfant afin que rien ne le gêne, lui faire respirer du vinaigre, de l'ammoniaque étendu d'eau, frictionner le corps vigoureusement, frapper à coups secs les mains, les joues, les fesses. S'il a gardé sa connaissance, lui faire avaler du sirop d'éther, de l'eau de laurier-cerise, de la teinture de musc dans de l'eau sucrée, de chacune de ces potions quelques gouttes seulement.

Lorsque l'accès est passé, et pour en empêcher le retour : bains de tilleul, lavements chloroformés ; donner chaque jour quelques gouttes de sirop d'éther ou quelques milligrammes de valérianate, surtout à l'approche de la sortie d'une nouvelle dent.

Un des remèdes populaires préconisé contre les convulsions, est l'application d'eau très froide ou même de glace sur la tête; ce remède n'est pas mauvais, à la condition qu'il soit continué et renouvelé à mesure que l'eau prend la température du corps, jusqu'à la fin de l'accès. Si on le suspendait, le sang chassé par cette application froide reviendrait avec plus de force, et causerait au contraire la congestion qu'on veut éviter.

Contre le **croup** et le faux croup :

Administrer un vomitif, mettre un sinapisme Rigollot sur la poitrine, ou à défaut une éponge trempée dans de l'eau très chaude. Faire boire chaud de la tisane ou du lait, tenir les pieds très chauds.

Le faux croup se distingue par le cri ressemblant à celui du coq ou à l'aboiement du chien. Il est plus effrayant que grave; dans le vrai croup, la voix est enrouée et faible, la respiration sifflante, et pendant un temps plus ou moins long l'enfant conserve toutes les apparences de la santé, il ne faut pas s'y laisser prendre, et le médecin doit être appelé sans retard. Car si le croup se guérit aujourd'hui assez sûrement par les injections de sérum, il s'en suit presque toujours des accidents nerveux ou d'albuminerie, et il vaut mieux chercher à le combattre par une médication appropriée, s'il est soigné à temps.

Contre le **muguet**.

Insufflations de borax en poudre dans la gorge, ou badigeonnage avec un pinceau imbibé d'eau boriquée (une cuillerée à café d'acide borique dans un verre d'eau chaude); demi lavements d'amidon avec deux gouttes de laudanum; grands bains tièdes.

Si le muguet est confluent, c'est à dire si les boutons se touchent au point de former une membrane, il ne faut pas l'arracher, mais l'attendrir en l'humectant souvent, elle finira par tomber, on pourra alors compléter en l'enlevant.

* *

La **coqueluche** est due principalement à l'habitation dans une maison sombre et malsaine, à un refroidissement surtout au printemps et à l'automne; elle est plus fréquente chez les sujets lymphatiques et nerveux, et chez les filles que les garçons. Elle est plutôt épidémique que contagieuse. Elle commence chez la plupart des sujets par l'apparence d'un simple rhume. Le malade accuse quelques frissons vagues; il y a du larmoiement, des éternuements; le pouls est à peine fébrile; la toux est sèche, plus ou moins fréquente, et revient par quintes. A cette époque on pourrait croire à l'invasion prochaine d'une rougeole ou de toute autre maladie éruptive. Ces symptômes durent de cinq à quinze jours.

* *

Le thym est considéré comme le meilleur remède contre cette affection; faire infuser un peu de thym dans 700 grammes d'eau et ajouter 50 grammes de sirop simple ou de guimauve; une cuillerée à café ou à soupe, quatre, huit ou douze fois par jour, suivant l'âge des malades.

On recommande encore la potion suivante : 25 grammes de bon moka vert, 80 grammes de sucre, un litre d'eau distillée; faire réduire l'eau de moitié à feu vif, et ajouter 30 centilitres d'eau de fleurs d'oranger.

On obtient d'excellents résultats par des inhalations faites avec la mixture suivante :

Essence d'eucalyptus.........	6 grammes.
Essence de térébenthine.......	6 —
Esprit de vin rectifié.........	45 —

l'essence d'eucalyptus est un antiseptique qui agit sur les microorganismes de la coqueluche. Mélangée à l'essence de térébenthine, l'essence d'eucalyptus a une odeur très agréable. Pratiquer les inhalations le soir, avant chaque repas.

Donner en même temps, à des enfants de deux ou trois ans, quelques gouttes d'essence de térébenthine mélangées à 10 centigrammes de carbonate de magnésie. Ce traitement a guéri des enfants atteints de coqueluche dans l'espace de quinze jours.

Pendant la dernière période, si elle se prolonge, un changement d'air est fort utile.

*\
* *

Autre potion contre la coqueluche :
Infusion chaude de pétales de fleurs d'oranger ; versez dans cette infusion un verre et demi à liqueur de forte eau de-vie, sucrez beaucoup.

Donner à l'enfant en le couchant, le tenir bien couvert, il transpirera abondamment.

*\
* *

Au moment des quintes de coqueluche et pour les calmer, donner du lait chaud avec du sirop de Flon.

Après l'accès, comme calmant : une compresse imbibée d'une cuillerée à café de la solution :

Éther..............	60 parties
Chloroforme........	20 parties
Térébenthine.......	1 partie

Brûler dans la chambre du papier nitré.

*\
* *

Contre les **maux de gorge** accompagnés de plaques ou points blancs, badigeonnage avec du jus de citron, tenir l'enfant couché et bien au chaud, surtout les pieds ; boissons chaudes et rafraîchissantes.

*\
* *

Contre les **coliques.**
Frotter légérement l'abdomen avec de l'huile de camomille camphrée chaude.

Tenir le ventre au chaud avec de la flanelle et même de la ouate.

A l'intérieur, tisane très chaude, de tilleul ou de camomille.

Lavements simples ou rafraîchissants.

A la rigueur, si les coliques persistent avec violence, cataplasme arrosé d'un peu de laudanum.

*
* *

Le ventre dur et ballonné, dit **carreau**, est causé par une alimentation trop abondante. l'abus des bouillies, fécule, farineux, fruits; c'est une maladie fréquente chez l'enfant nourri sans soins à la campagne. Il convient de réformer d'abord le régime, et en même temps de purger l'enfant doucement, à plusieurs reprises, pour dégager l'intestin.

*
* *

Contre les **indigestions**.

Lavement dans lequel on met deux cuillerées d'huile battue avec un jaune d'œuf. A défaut de résultat immédiat, donner un lavement salé.

Administrer un vomitif, de préférence de l'ipéca.

En cas de gravité, sinapisme, et si les accidents persistent, le médecin n'arrivant pas, ne pas hésiter à appliquer une sangsue derrière chaque oreille, à moins que l'enfant ne soit arrivé à la plus grande faiblesse.

*
* *

Apéritifs :

Vin et sirop de gentiane, vin de quinquina, vin de Bugeaud, à base de quinquina.

*
* *

Le croup ou diphtérie :

Certaines conditions prédisposent surtout à cette maladie ou la causent; telles sont : la grande irritabilité du sys-

tème muqueux ; le tempérament sanguin et lymphatique, une éducation trop sédentaire, qui n'habitue pas les
enfants aux vicissitudes atmosphériques ; des vêtements
insuffisants, surtout autour du cou ; les exercices du corps
accompagnés de cris, surtout dans un courant d'air ; la
température froide et humide, certains états de l'atmosphère, qu'on ne peut déterminer, et qui engendrent les épi-
démies ; enfin diverses maladies, telles que la scarlatine,
la rougeole, la coqueluche.

Lorsqu'on suppose un commencement de croup, il convient de placer le malade dans un bain chaud ou au moins
dans un demi-bain ; en le retirant, il est utile d'enfermer
les pieds dans des cataplasmes de farine de lin, auxquels
on ajoute de la farine de graine de moutarde. Si les signes
du croup continuent à se manifester, et si le médecin doit
tarder à arriver, il est urgent d'appliquer des sangsues.

**

C'est pendant la période de desquammation, lorsque
l'épiderme se détache et tombe en légères pellicules, que
la **rougeole** se transmet le plus aisément.

La convalescence de la rougeole demande plus de surveillance et de soins que la maladie elle-même, il faut
surtout éviter tout refroidissement, donner des bains tièdes, entretenir la peau en état par des frictions sèches,
maintenir le ventre libre.

**

Contre les **petites dartres** sèches, à l'extérieur eau-
salée, ou bien frictions à sec avec une brosse douce ; à l'intérieur en même temps, tisanes amères dépuratives.

**

Les symptômes des **vers** sont la pâleur du visage, la
langue blanche, les traits tirés, les démangeaisons à l'a-

nus, les déjections très fétides et mêlées de glaires. Contre
les vers, l'un des remèdes suivants :

Dragées de semen-contra.

Biscuits à la santonine ou santonine en poudre, soit dans
des cachets, soit dans de la confiture, si l'enfant veut bien
en prendre. Infusion de racine de valériane

De 4 à 15 gr. de mousse de Corse en poudre, selon l'âge,
dans du lait sucré.

Infusion d'une gousse d'ail dans du lait.

Cataplasme d'ail, de tanaisie et d'absinthe bouillie dans
du vinaigre.

Cataplasme de feuilles d'absinthe bouillies avec trois
gousses d'ail dans du lait.

* *

Coupures. Le pansement des coupures légères consiste
à laver la plaie avec de l'eau fraiche et à rapprocher les
chairs en les fixant avec du taffetas d'Angleterre ou du
sparadrap. Les chairs ainsi rapprochées ne tardent pas à
adhérer, à moins que dans la coupure il ne se soit introduit un corps étranger, ce à quoi l'on doit veiller tout d'a-
bord.

Il est toujours bon de préserver la plaie du contact de
l'air et des impuretés qui pourraient l'enflammer ; dans ce
but, on l'entoure d'un chiffon, imbibé si l'on peut d'un mélange d'une partie de teinture d'arnica pour deux d'eau,
ou mieux on le couvre d'une couche légère de collodion.

Si la coupure présentait quelque gravité et que l'hémorrhagie fût abondante, il ne faudrait pas hésiter à en-
voyer chercher le médecin. En attendant son arrivée, il
faudrait mettre le doigt sur la plaie, de manière à la bou-
cher complètement ; on empêchera ainsi le sang de couler.
Ce moyen est infaillible, et il est très nécessaire de l'employer, car si une artère se trouvait coupée, il serait impossible d'arrêter le sang autrement et il deviendrait de
la dernière gravité de le laisser couler longtemps.

Si la blessure résulte d'un coup ou d'une chute, auquel

cas elle ne peut donner lieu à une hémorrhagie abondante, il faut bien laver la plaie, et mettre des compresses comme ci-dessus, avec le mélange d'eau et d'arnica.

Les feuilles de géranium écrasées sur un linge guérissent rapidement toutes les coupures et écorchures

Si la coupure s'enflamme et donne de la fièvre dans la partie malade, versez quelques gouttes d'huile sur des charbons ardents de manière à produire beaucoup de fumée. Laissez le plus longtemps possible la partie malade dans cette fumée ; le soulagement est immédiat et la guérison très rapide.

* *

Contre les **brûlures** légères :
Lotions d'eau froide, renouvelées jusqu'à ce que la douleur ait disparu. Pour empêcher la peau de faire cloche, y appliquer de la pomme de terre râpée ou plus simplement de l'encre, qu'on a toujours sous la main ; on peut aussi laisser tomber sur la partie malade de l'éther, goutte à goutte.

Si la brûlure est grave, application d'un corps gras, huile d'olive, beurre, cérat, etc, étendu avec un petit tampon d'ouate.

S'il y a une empoule, la percer, et entourer la partie malade d'un peu de charpie et d'un linge trempé dans un mélange d'eau et d'un peu d'extrait de saturne ou d'eau phéniquée.

* *

Lorsqu'un enfant est habitué à porter les **cheveux très longs**, et qu'on les lui **coupe**, il faut, surtout si le temps est froid ou humide, lui couvrir la tête avec soin et pendant plusieurs jours, même la nuit ; c'est en effet comme si on lui ôtait brusquement une calotte fourrée, et on l'exposerait, en lui laissant la tête nue, à des refroidissements dangereux.

*
* *

Contre les **grincements de dents** pendant le sommeil chez les enfants nerveux :

Une cuillerée à bouche avant le coucher, de la potion :

Sirop d'altéa.......................... 100 gr.
Bromure de potassium................. 2 à 5 gr.
Liqueur d'Hoffmann................. 10 gouttes.

*
* *

Potion calmante pour les enfants nerveux qui ont des **hallucinations** :

Sirop de fleurs d'oranger.................... 100 gr.
Bromure de potassium.................... 2 à 5 gr.
Hydrate chloral......................... 25 centig.

Une cuillerée à bouche avant le coucher. Ne pas exciter l'enfant, même par le jeu et le rire, dans les deux heures avant le sommeil ; ne pas le fatiguer.

*
* *

Contre la **chorée** ou danse de Saint Guy :

Dans un demi-litre d'eau, faire infuser 4 grammes de *chenopodium embrosoïdès*, sucrer avec 60 grammes de sirop de fleurs d'oranger.

*
* *

Les enfants, l'été, sont dévorés **d'insectes,** car ceux-ci s'attaquent davantage à leur épiderme délicat. On les préservera dans la mesure du possible en les lavant avec de l'eau dégourdie dans laquelle on aura mis une cuillerée à bouche de vinaigre de vin ; cette lotion très simple est en même temps fortifiante et fraîche. Comme lotion fraîche encore, on recommande l'eau dans laquelle on a fait dissoudre un peu de poudre de borax.

*
* *

Contre les **poux** qui résistent à l'usage du peigne fin et aux soins minutieux de propreté, employer la poudre dite des capucins, composée ainsi :

Semence de cévadille	50 grammes.
— de staphysaigre	50 —
— de persil	50 —
Feuilles de tabac	10 —

Réduire en poudre et mélanger le tout.

*
* *

Dans les cas de forte **contusion**, de coup violent :

Frictions locales pendant deux ou trois jours avec de la teinture d'arnica et faire boire, à jeun, le matin, une petite tasse d'infusion de fleurs d'arnica.

Bain de pieds, le plus tôt possible, avec de la cendre ou du sel de cuisine.

Si l'enfant se plaint de maux de tête, semble absorbé, assoupi, le cas est grave, il faut appeler le médecin; on pourrait, en l'attendant, poser des sangsues.

Les cordiaux et vulnéraires, qui ont tant de réputation en pareil cas, semblent sans résultat dès qu'il n'y a pas atonie ou faiblesse. Il est même prudent de s'en abstenir à défaut d'indication certaine, parce que la surexcitation qu'ils produisent peut être au contraire, nuisible.

Pour éviter les bosses, on peut mettre une compresse d'eau blanche ou d'eau-de-vie camphrée, ou à défaut un mélange d'eau-de-vie et de savon, sous forme de pâte molle. Mais quand il y a écorchure, il faut se contenter d'eau froide.

Pour empêcher qu'un **coup**, une meurtrissure comme les enfants s'en font à tout instant, ne tourne à la couleur bleue, y appliquer avec une éponge ou une compresse, de l'eau très chaude constamment renouvelée, ou à défaut, une pâte composée d'amidon délayé dans de l'eau froide.

Quand un enfant tombe sur le dos ou y reçoit un coup violent, il faut le deshabiller et examiner avec le plus grand soin la colonne vertébrale, pour voir si une vertèbre ne se serait pas cassée ou déplacée, ce qui aurait bientôt de graves conséquences.

Contre le **saignement de nez**, abondant et persistant.
Position verticale du corps, repos dans un lieu frais,
compresses d'éther ou simplement d'eau froide sur le front
et les tempes, bains de pieds très chauds, sinapismes aux
jambes. Dans les narines, tampons d'amadou, ou de ouate
imbibée de perchlorure de fer.

*
* *

Contre **l'incontinence d'urine** habituelle :

Hydrate chloral........................ 1 à 3 gr.
Bromure de potassium........ 50 centigr à 1 gr.

Dans de l'eau. Une cuillerée à deux ans, deux cuillerées
à 5 ans, le soir.

*
* *

On **vaccine** ordinairement les enfants bien portants, à
l'âge de deux ou trois mois. Il est préférable de ne pas
dépasser ce délai sous peine de complication résultant du
travail de la dentition.

Il n'y a rien à faire qu'à laisser agir le vaccin. A partir
de l'apparition des boutons, c'est-à-dire du 6e jour après la
piqûre, il faut tenir l'enfant à la maison et au chaud sans
excès de chaleur. La fièvre augmente du 6e au 10e jour,
c'est un phénomène naturel et il n'y a pas lieu de s'en
inquiéter, non plus que de l'engorgement de l'aisselle. Garantir les piqûres contre les frottements irritants. Si, du
7e au 10e jour l'inflammation du bras est excessive, on
peut la calmer par un cataplasme de fécule ou de farine
de riz.

*
* *

Hygiène scolaire.
Si la classe est au rez-de-chaussée, le plancher doit être
placé à un mètre au moins du sol ; il sera fait de bois
traité à l'huile bouillante, de façon à être rapidement et
sûrement nettoyé par un lavage. Les carreaux ont l'inconvénient d'être froids. Les murs seront badigeonnés à la

chaux, une fois par an au moins. Le règlement exige pour chaque enfant un espace, sur 4 mètres de hauteur, de un mètre carré, y compris couloirs, passages, etc., chaque enfant, assis, n'occupant en réalité qu'un demi mètre carré. Une salle pour 40 enfants doit donc mesurer au moins 40 mètres carrés.

L'air doit être renouvelé fréquemment par l'ouverture des fenêtres ou vasistas, et complètement entre chaque classe.

Maximum de travail intellectuel journalier, d'après les hygiénistes :

Avant cinq ans, une demi-heure en deux séances de 15 minutes.

Jusqu'à sept ans, deux heures et demie.

De sept à dix, trois à quatre heures.

De dix à douze, quatre heures.

De douze à quinze, cinq à six heures.

Au-dessus de quinze ans, huit heures.

TABLE DES MATIÈRES

www.ingramcontent.com/pod-product-compliance
Lightning Source LLC
Chambersburg PA
CBHW060434260626
47161CB00005B/1926